偵探不在教室裡

探偵は教室にいない

The Detective Is Not
In The Classroom
Kawasumi Kouhei

川澄浩平
KAWASUMi KOUHEi
王蘊潔 譯

目　　錄

寫在第一章之前

到底有多少年沒有人上門找我了？當然不至於是四分之一個世紀或是半個世紀這麼誇張的歲月。

北海道的九月感受不到秋老虎發威的跡象。

我並不是第一次見到站在我面前的女生。

海砂真史的媽媽和我媽是朋友，我們從出生之後就一起長大。當兩個媽媽在一起說老公和婆婆的壞話時，我們兩個同年齡的小孩就很自然地一起打電動打發時間。我們在玩模擬鐵道公司營運的大富翁型遊戲『桃太郎電鐵』時，我害她因負債累累而放聲大哭，這個行為雖然稱不上有意義，但我還是覺得很好玩。

要說是青梅竹馬，我和她也可以算是青梅竹馬，但我們只有在讀小學之前玩在一起。在她漸漸長大，廣交一百個朋友的過程中，似乎發現沒必要和我這個滿腦子只想著讓她債台高築，簡直和地下錢莊沒什麼兩樣的人繼續打交道。

我非但沒辦法結交一百個朋友，在升上國中二年級之後，只去過學校三次，但當她這個青梅竹馬出現在我面前時，我仍然可以看到她兒時的影子。

她和以前一樣，還是一頭齊肩的長髮，雙眼皮下有一雙大眼睛。

「好……好久不見。」

她向我打招呼，笑容僵硬。相隔九年，再次見到小時候因為大人的關係，迫於無奈經常玩在一起的對象，有這種態度並不讓人意外。看到她左側臉頰上的小酒窩，勾起我一抹說不清的懷念。我腦海中只有玩遊戲時，執拗地把她惹哭的記憶，不記得她是否也曾經在我面前露出笑容。

但是，這種懷念微不足道，我最先感到驚訝的是她的成長。

「幾年沒見，妳長這麼高了……」

「每次見到親戚，大家都會對我說這句話。」

她站在門口還沒有脫鞋子，我站在脫鞋處的橫框上，位置比她高一階，但我和她的視線幾乎在相同的高度。

「妳有一百七十公分嗎？」

「一六九！」

她生氣地更正道。

一六九和一七〇有差嗎？我很想吐槽她，但可能她有自己的想法。不要說國中生，恐怕連成年女性也很少有比她更高的人。說她身材像模特兒可能有點太誇張，但對國中生來說，她的身材的確很勻稱。

我停頓一下，提醒站在門口水泥地上的她一件事。我不想讓她對我有太大的期待。

「真史，我可以聽妳說說看，但妳不要抱有太大的希望。無論妳多煩惱，對我來說，終究只是別人的事，和平時在特急列車或是高速巴士上玩填字遊戲打發時間差不多。」

「步，你不是很擅長解謎嗎？以前小學生的時候，不是還找出了破壞自由研究勞作的兇手嗎？」

「妳聽誰說的？」

我和她小學和中學都讀不同的學校。

「你媽媽說的。」

雖然我和她九年沒見面了，但兩家媽媽至今仍然持續來往。我媽真是太多嘴了。

「先不說這個，我從剛才就很在意。」

我指著她拎在右手上半透明塑膠袋裡的長方形白色盒子說：

「這是在『可可亞十公克』買的蛋糕吧？」

笑。

她臉頰抽搐，愣在原地。

我突然興奮地大聲說話，她似乎被我嚇到了。

但她很快恢復冷靜。

「那你給我好好想一想，否則我就一個人吃掉所有蛋糕。」

她說完這句話，浮現笑容。我想起來了，她以前只有在挑釁我的時候，才會對我笑。

雖然並不是她的激將法奏效，但我有一件事必須馬上處理。

「蛋糕是生鮮食品，必須馬上放進冰箱！我來泡咖啡，妳去飯廳等我。」

我幾乎從她手上搶過蛋糕盒，走向冰箱。

她並沒有忘記我看到甜食就完全無力抵抗這件事。

真是的，這個女人太精明了。

第一章 Love letter from...

我讀小學時就參加兒童籃球隊，上中學後，順理成章地參加籃球社。我們學校位在札幌市的發寒這個地方，完全稱不上是強隊，就連晉級進入北海道的全道大賽都是遙不可及的夢想，但所有成員練習都很認真。

「小海，妳寫好目標清單了嗎？明天就要交了。」

「我今天會寫。」

社團活動結束，正在門口換鞋子時，和我一起參加籃球社的同班同學栗山英奈，用好像媽媽在數落小孩的語氣提醒我。她個子矮小，只有一百五十公分，一頭富有光澤的鮑伯頭黑髮很適合她那張充滿稚氣的臉。雖然她的外表看起來很像是那種覺得在家擼貓織毛線最快樂的類型，但恐怕很少人能夠想像她在籃球場上的表現非常勇猛。她很擅長用運球突破敵隊堅強的防守，經常犯規，也經常讓敵隊犯規。

相反地，我雖然人高馬大，但我不喜歡和別人碰撞，很少做這種事。

「還有英文作業，妳會寫嗎？」

「妳明天借我抄。」

我忍不住向好學生英奈求助。

「這次我絕對不會借妳抄了，妳今天回家就要馬上完成這兩件事。」

「好啦……」

英文作業只要隨便寫一下就好，但籃球社的目標清單就沒這麼簡單可以搞定。這是今年開始擔任男子籃球社的顧問老師突然提出的想法，結果連女子籃球社的成員也得一起寫什麼目標清單。三年級的學長姊在七月就退社了，從我們二年級學生中選出新的社長，新的籃球社出發上路已經兩個月，在這個學期已經過了一半的時間點要我們做這種事，八成只是因為老師看到某部紀錄片，說什麼一流運動員都在學生時代把目標和夢想寫在筆記本上而受到影響。

目標清單上設定了『每月目標』、『明年的目標』、『二、三、四、五、十年後的目標』等項目，要在清單上填寫為了達成這些目標，每天付出什麼樣的努力，寫完之後還和大家一起分享。真是好棒棒的計畫，只是因為太棒了，我感到壓力超大。正確地說，是覺得很麻煩，我怎麼知道這麼久以後的事。

「聽說會把所有人的目標清單影印後發給大家，如果只少了妳一個人的，不是很丟臉嗎？」

「只要男籃寫就好了啊……但為什麼要給所有人看？」

「可能因為如果沒有人監督，就很容易偷懶吧。」

聽到英奈這麼說，就覺得目標清單好像真的很有意義。

九月之後，天色很快就暗下來。雖然學校走廊上的燈還亮著，但一片昏暗，聽不到其他人的動靜，感覺有點可怕，但同時會產生一種奇妙的興奮感。

兩個男生出現在昏暗的走廊上。

「喔，凹凸雙人組，妳們在討論漫才嗎？」

「輕浮男，你少囉嗦。」

英奈反嗆向我們打招呼的輕浮男生。

田口總士的個子比我更高，而且五官端正，女生緣特別好。他在籃球社時都很混，看起來完全不懂得少女心，但在班上的時候表現得很紳士。我和英奈每次看到這個同班同學的言行舉止，都覺得很有趣，覺得「他絕對有雙重人格」。

「小海，妳目標清單寫好了嗎？」

總士嬉皮笑臉地問我。

「還沒有。」

「我就知道！太好了，這下子我不孤單了。」

「但我回家後會寫，雖然我也很混，但還是會準時交，不要把我和你歸為同類。」

「哼，女籃社的女生真不可愛……」

總士有一個女朋友，但不是我們學校的學生。我不知道他用了什麼招數，竟然追到練習賽的對手學校籃球社經理。

「好煩喔，不然我就寫和女朋友的幸福家庭計畫，然後就這樣交上去！」

真想問他的女朋友，和這種男生在一起真的沒問題嗎？

總士開心地笑了，他身旁的岩瀨京介開口。

「別說這種無聊的話了，趕快回家吧，今天電視要轉播足球比賽。」

京介只比英奈稍微高一點，在男生中算是矮個子。他一頭短髮，五官感覺很清爽，但細長的眼睛炯炯有神。他平時很文靜，對籃球的熱情卻無人能比。聽說他從去年開始認真學鋼琴，我和英奈經常聊到，他文質彬彬的氣質也許和練琴有關。只有他和我們三個人不同班。

「總士，很多日本足球隊的球員應該都會認真寫目標清單或是練習日記之類的，你要好好向他們學一學。」

英奈以調侃的眼神看向總士。

「妳不要用日本隊的水準要求我。」

總士，即使不和日本隊相比，我們身邊也有很多認真努力的人。雖然我很想這麼說，但我沒資格說這種話。

我心不在焉地看著英奈和總士一如往常地鬥嘴，京介對我說：

「妳上次借我的搞笑段子節目超有趣，我那天不小心錯過，又沒有設定錄影，正不知道該怎麼辦才好，太感謝了。」

「不客氣，京介，你喜歡哪一對搞笑搭檔？」

「『年金未付』吧，他們是目前最熱門的搭檔。」

「我也是！用奶奶給的零用錢去繳年金的哏實在太悲哀，實在太好笑了。」

京介開心地微笑。

「小海，如果妳不寫目標清單，以後可能也會這麼悲哀。」

英奈可能和總士鬥嘴鬥膩了，突然轉頭看過來，用開朗的聲音說這種可怕的話。

夜風雖然不至於寒冷，但的確有點涼意，穿短袖可能會感冒。

每次籃球社練完球，我都和英奈一起回家。我們住得很近，回家都走同一條路。

「小海，聽說澤木和森見在交往，妳知道這件事嗎？」

「不會吧？我從來沒有看過他們在一起聊天。」

和英奈一起回家時，幾乎都會聊同學的戀愛八卦。不負責任地對別人的戀愛品頭論足真是太開心了。

「很少有人會在學校公開正在交往的事，但是只要細心觀察他們，就不難猜到，妳都沒有發現嗎？」

「完全沒有。」

雖說是聊同學的戀愛八卦，但每次都是聽英奈告訴我，然後我做出某些反應而已，對我來說，有點像是在看電視上的娛樂八卦。

「妳很遲鈍，或者說有點憨憨的。」

「妳太沒禮貌了！我明明是犀利的女人。」

「犀利……妳知道是什麼意思嗎？妳只是不知道在哪裡聽過這個字眼吧？」

英奈賊笑，抬頭看著我。

她說對了，那是我很喜歡的一首歌的歌詞，我只是無意中記住了。沒想到她一猜就中，真是太氣人了。

「小海，妳沒有喜歡的人嗎？」

「沒有。」

「嗯，真希望可以聽到有點搞頭的回答。」

「我希望有朝一日，騎著白馬的王子對我說：『我第一眼看到妳就愛上了妳。』」

我隨便比了一下，假裝自己是騎著白馬的王子。
每天都差不多這樣，因此放學走回家的時間是上學時的一倍。
「京介應該喜歡妳。」
英奈突然對我說了這句令人意外的話。
「為……為什麼突然這麼說？」
「總士也這麼說，他說京介可能喜歡妳。」
「是嗎……」
「只不過京介不是會把感情寫在臉上的人。」
英奈聳聳肩。我還是對她說的話感到難以理解。
上了小學之後，我的身高就長個不停。在小學高年級時，我就變成全班男女生中最高的人。基於這個緣故，至今為止，幾乎不曾有過別人把我當女生的記憶。
「會有人喜歡像我這樣的女生嗎？」
「有啊。」英奈嘆著氣說，「小海，妳現在身高是一七〇吧？」
「是一六九！」
「不管是一七〇或是一六九都不重要，隨著我們慢慢長大，同年紀男生的身高會慢慢超越妳，妳太在意自己的身高了。」

的確，升上國二之後，長得比我高的男生不再稀奇，但這只是最近的情況，多年來累積的自卑無法輕易消除。

「我超羨慕妳的身高，既然要打籃球，身高就是武器。NBA根本就是那些身高超過兩公尺的怪物在球場上展示他們的肉體。這個世界上，有很多人為自己長不高煩惱。」

「……所以我是身在福中不知福嗎？」

「我並沒有這麼說。」

我們要在前面的十字路口分手。英奈要左轉，我繼續往前走。有時候聊得欲罷不能時，我們就會站在十字路口繼續聊，好幾次因為聊太久，耽誤回家的時間，結果到家就挨罵了。

「如果京介真的喜歡我……那我該怎麼辦？」

「妳不需要做任何事，在京介採取行動之前，只要保持平常心就好。」

「嗯，也對。」我自言自語地嘀咕。

向英奈說再見後回到家，像往常一樣吃完飯，回到自己的房間躺在床上。英文作業和目標清單都還沒寫，如果就這樣睡著就慘了，但我懶得馬上寫。我忍不住想起京介最近的態度，但還是搞不清楚他是否真的喜歡我。

比起五年後或是十年後，我更擔心明天的自己是否能夠表現得像平時一樣。

「最近校內多次發生貴重物品失竊和遺失的情況。」

早晨的班會時間真是讓人昏昏欲睡。光是想到要一直上到下午三點多才放學，就覺得快昏倒了。

「最常發生在去其他教室上課的時候，因此貴重物品一定要交給老師保管——雖然其實根本不應該把被偷後會損失慘重的昂貴物品或是重要東西帶來學校。從今天開始，多名老師會在學校內加強巡邏，如果在課間休息時看漫畫，小心被沒收。」

教室內到處響起不滿的叫聲。

「你們該慶幸，我已經事先警告你們了，如果還被沒收，那就真的是腦袋不清楚了。如果發現偷竊的現行犯，就會報警處理，不會有任何例外，你們應該可以想像到時候自己的人生會變成怎樣。上午的班會就到此結束。」

班導師走出教室後，班上的同學都開始聊天，教室內頓時熱鬧起來。但是沒時間聊太久，今天第一節課是體育課，男生都留在教室換運動服，女生要去體育館的更衣室。

有人覺得第一節課上體育課太累人，但我反而很喜歡。如果第一節是數學課，很可能直接去夢境世界報到。

我正準備起身去體育館，那個在社團活動以外的時間都表現得很紳士的男人走過來。

「小海，妳的目標清單寫好了嗎？」

「算是完成了，有關籃球的目標寫得很認真，但五年後十年後的目標，就用一些沒有意義的妄想充數。」

「反正並沒有人規定寫下目標之後，就非實現不可，如果被目標束縛，根本就是得不償失，為了未來而設定的目標，結果反而被設定目標那一刻的過去束縛——」

「總士，你是不是還沒寫？」

「嗯，嗯啊。」

「離社團活動的時間還早，我勸你最好利用下課的時間，或是上數學課的時間寫一下。」

我已經勸過他，接下來就不關我的事了。

「小海，別管他了，我們趕快走吧。」

有人在後方對我說，回頭一看，英奈站在那裡。

「總士，體育課從今天開始都是打籃球，你可不要打得太認真，不然會看不下去。」

「這種事我當然知道。」

總士一本正經地丟下這句話，走回自己的座位。

「英奈、小海，妳們還沒好嗎？」

等在門口的同學催促著。

教室內只剩下我和英奈兩個女生。

「這就過去。」

我回答後，慌忙站起來。

「可以投籃！就按照之前學的，對準籃板投球！」

我運球到前場，對方的防守球員只關心我手上的球，只要稍微等一下，我隊很快就會有能夠自由行動的選手，然後在傳球時配球，盡可能讓所有人都能夠投籃。除非是個性很彆扭的人，否則她們接到球之後，只要能夠投籃命中，心情都會很雀躍。如果能夠讓她們稍微運球一下，那就更加完美了。我每次在體育課時當裁判，對帶球走這種犯規都會睜一隻眼，閉一隻眼，但看到二次運球就會吹哨。

伊藤接過我傳給她的球之後，在球籃的右下方把籃球丟向籃板上俗稱為小方框角落的位置，但她的動作不能稱為「投籃」，根本就是「丟籃」。

籃球順利彈回來，穿過籃框。

「好球！」

我對著伊藤豎起大拇指，比了一個有點誇張的讚。

「謝、謝謝。」

伊藤害羞地輕輕揮揮手。

即使只是巧合，只要在一場比賽中投籃成功兩三次，之後就會主動積極投籃。我也希望所有隊友都積極投籃，這樣會玩得比較開心。

對方球隊開球後，比賽繼續進行。我不會勉強抄截或是阻攻，英奈在對方球隊，只要順其自然，就可以找機會搶籃板球。無論是觀戰還是自己下場打球，只有得分高的比賽才能讓初學者陷入狂熱。並非只有籃球，其他比賽也一樣。

我在上體育課打籃球時，並不會狂妄地說什麼想發揮一點作用，提升大家對籃球的喜愛，但的確希望其他人對我熱愛的籃球這項競技多一點興趣，至少不希望他們討厭籃球。

但這僅止於比賽結束三十秒之前，最後的三十秒，我都為自己打球。我認為這種程度的任性沒問題。

我攔截了對方球隊的傳球，直線運球到前場。

因為是快攻，防守人數當然不足，但我的目的並不是一路跑到籃框底下單手投籃。

我在保持全身平衡的同時，左腳、右腳依次按照「1、2」的節奏踏步，在三分線前準備投籃。

這時，身體不可以僵硬。我想像著籃球的軌道，放鬆全身。

我的雙眼注視著六點七五公尺前方的籃框，剛才踏步時彎曲的雙膝微微伸直，將下半身的力量導向上半身的同時跳起來。

抬起手肘，手指用力抓球，雙手手腕往後壓的同時，把球射出去。

軌道和我的想像完全一樣，籃球在空中順利旋轉。

球場上所有的選手都看著籃球高高地勾勒出弧度，飛向籃框。

「進了。」

我嘀咕著。也許還笑了。在籃球出手的瞬間，就大概知道能不能進球。

隨著一聲清脆的聲音，籃球穿越籃網。

「耶！」

我揮起右手，做出勝利的姿勢。同時聽到宣布比賽結束的鳴笛聲。除了隊友以外，對手球隊和正在觀賽的球隊也都為我歡呼。

那是沒有碰到籃板，也沒有碰到籃框，就穿越籃網的「空心球」。雖然我的人生才短短十四載，但這是我這輩子最爽的一刻。

「在社團訓練時，也沒看過這麼完美的投籃。」

男生在將體育館分兩半的綠網的另一端打籃球，總士站在那裡調侃我。

「總士，你別偷懶。」

「我們也快結束了。」

谷村正在投籃，雖然他單手投籃，但左手的位置不對，施力不當，導致沒有成為壓哨球。

「總士，你要不要好好練一下投籃？我可以打包票，我投籃的成功率比你更高。」

「這可是妳說的！那我們來比賽誰的命中率更高，我可不會因為妳是女生就手下留情。」

也許是因為剛才投籃超成功，讓我有點得意忘形，說話的口氣囂張起來。

我和總士都不甘示弱地鬥著嘴，有人拍拍我的背。

「別再聊了。」

回頭一看，原來是英奈。她一臉擔心地抬頭看著我。

我猛然回過神，環顧四周，發現氣氛和剛才完全不一樣了。雖然不是所有人，但不少人以冷漠的眼神看著我。

「我們每天都會看到總士耍白痴，已經麻木了，但他是班上，不，搞不好是全校最受歡迎的男生，雖然這件事令人難以置信。」

英奈說得沒錯。雖然籃球社的人都知道他很白痴，但平時的他很紳士。他會在教室內和我或是英奈親暱地聊天，但因為我們都參加籃球社，別人覺得我們聊天很正常，並沒有因此被嫉妒。

雖然自己說有點那個，但在旁人眼中，眼前的狀況很戲劇化。總士剛好看到我準備投籃，於是就一直看著我，就只是這樣而已，不可能有其他意思，只不過其他人似乎為我的投籃增加了特別的意義。

現場的氣氛好像一下子降到冰點，但最洩氣的應該是我自己。我整場球打得那麼小心翼翼，最後投了三分球，炒熱這場比賽的氣氛，結果只不過和同一個社團、長得還不錯的男生胡扯幾句，就變成這樣。

我真是太傻太天真了，前一刻還希望可以讓同學對籃球產生興趣，讓他們喜歡籃球。

回到教室後，總士站在我的課桌前，難得沮喪地對我說了聲「對不起」，然後就轉身離開。

在這件事平息之前，盡量不要在教室內和他說話。雖然我覺得很莫名其妙，還有點不高興，但我不想惹事生非。

只有包括我、英奈和京介在內的一部分籃球社的人，知道總士和其他學校的女生交往，雖然以他的性格，照理說應該會向全世界宣告，他已經有女朋友了，但他說「我不希望別人用這件事鬧我，那樣我會很不好意思」，基於這個理由，並沒有公開這件事。

如果他公開有女朋友，也許就不會有這種麻煩了。他不想公開自己有女朋友這件事，是不是不想失去被女生捧在手心的地位？我的腦海中閃過這個念頭，但隨即發自內心感到自我厭惡。

我打算在第二節課開始之前去上個廁所，當我來到走廊上時，遇到京介。

「嗨，小海。」

「京介，早、早安……」

「我們早上不是一起晨訓，怎麼還對我說早安？」

我想起昨天和英奈聊天的內容。雖然英奈要我保持平常心，問題是很難做到。如果她希望我保持平常心，就不該對我說什麼京介好像對我有意思這種話。話說回來，英奈也是好心，可能擔心我在緊要關頭會驚慌失措，才事先告訴我……

但是，在和京介聊天時，我不覺得他對我有什麼好感，但應該把我當朋友。

「小海，發生什麼事了嗎？」

「啊？為什麼這麼問？」

「沒什麼，我只是覺得妳看起來無精打采。」

「你一眼就看出我很沮喪嗎？」

「沒那麼明顯，但因為每天都見到妳，大致上可以猜到……」

我並不是沮喪，而是內心有一股無處宣洩的憤怒，或者說是對那些不負責任的旁觀者很不屑，也可能是對自己投了空心球就得意忘形感到羞恥。說到底，連我自己也搞不清楚。

「不是什麼大不了的事。」

真的不是什麼大不了的事，簡單地說，就是剛才體育館內的氣氛很莫名其妙。

「下次再告訴你，你真的完全不用擔心。你聽我說了之後，一定會笑我說，竟然為這種雞毛蒜皮的事心情不好。」

「無論是什麼事，我都不會笑妳，反正妳不要鑽牛角尖就對了。」

「嗯，謝謝。」

京介的關心稍微安慰了我內心的不悅。

回到教室時，發現總士和平時一樣，坐在教室前方的座位上，好幾個人圍著他聊天。

幸好我和他的座位離得很遠，如果坐在他旁邊，最少最少今天一整天的氣氛都會很尷尬。只要他像往常一樣，親密無間地和其他人交流，那些冷眼看我的女生就會慢慢消氣，也就沒有人會在意剛才體育館內發生的事。

第二節是社會課。

我把手伸進課桌抽屜，想把課本和筆記本拿出來，摸到好像是紙張的東西。學校發的講義都裝在資料夾裡，所以不會是講義。

我從課桌抽屜裡拿出完全沒有見過的紙。那是一個草綠色的信封，打開黏住信封的星星貼紙，發現有一張折成四折的紙不大不小，剛好裝進信封內。打開一看，原來是A4影印紙，上面寫著密密麻麻的文字。

「開始上課了，大家都坐好！」

我正打算看紙上寫了什麼，老師走進教室。我慌忙把信塞進課桌。雖然我只瞄了一眼，但映入眼簾的那句話令我留下強烈的印象。

『我喜歡妳』。

信上確確實實寫了這句話。

在學校的時候，想要獨處並不是一件容易的事，但我又不想躲去廁所看信。今天一整天上課的時候和參加社團活動的時候，我都一直想著那封信。

回到家後，我看了好幾次信，但無論看了幾次，都覺得那是一封情書。我做夢都沒有想到，這個年頭還可以親眼看到情書這種東西，而且這麼浪漫的東西竟然會放在我的課桌內……但是，我無法沉浸在酸酸甜甜的心情之中。我收到情書這件事本身就夠奇怪了，但除此以外，還有好幾件奇怪的事。

最大的不解之謎，就是「誰寫了這封信」。無論信紙還是信封上都沒有寫名字，老實說，我心裡有點毛毛的。

總之，我不知道該如何看待這封信。

要不要找誰商量一下？該找誰商量呢？

我最先想到英奈。她應該會設身處地和我一起思考，而且會擔心我。雖然我很感謝她的心意，但我不想造成她的精神壓力，更不想把事情鬧大。

問班上要好的同學？不，即使要求對方絕對要保密，對方不可能真的不說出去。

再加上今天在體育館發生了那件事，之後我又在課桌內發現情書，一旦消息傳出去，我可能會成為全班公敵。

我也不想問籃球社的朋友，更何況怎麼可以瞞著英奈，找其他人商量呢？英奈是我最好的朋友。

如果可以，我想找一個和我在日常生活中沒有交集，又值得信賴，而且腦袋聰明的人商量。哪裡去找這麼理想的人物……正當我準備放棄時，一個男生浮現在腦海。

『鳥飼步』。

雖然我們已經很多年沒見面了，但在上小學之前，我們經常玩在一起。我小時候就覺得他是怪胎，但他的腦筋動得很快，連大人都自嘆不如，我記得他好幾次都讓他媽媽和我媽媽大吃一驚。我們當時經常一起玩『桃鐵』，我根本連遊戲規則都搞不太清楚，他總是冷靜地持續祭出最佳手段，好幾次都讓我欠下一屁股的債。現在回想起來，覺得那傢伙實在太過分了。

最絕的就是我在小學四年級時，從媽媽口中聽說的關於他的神勇故事。同學的自由研究勞作遭到破壞，別人認為他就是罪魁禍首。如果我遇到這種事，一定會深感絕望，無法相信別人。但是，他在那種狀況下，靠推理找出真正破壞勞作的人，洗刷自己的冤屈。如果這個故事屬實，那九歲的他也太神勇了。

也許可以找他商量一下?至少可以先聯絡他一下。雖然很久沒有聯絡了，但他應該不至於忘記我，不會討厭我。應該啦。

他以前就有手機，我還記得他的手機號碼。雖然我忘了前因後果，但他曾經用諧音哏告訴我他手機號碼。

『痛苦艱難的工作』。

這個諧音哏有夠悲情……我忘了前面三個數字，但因為手機號碼的前三位數只有固定幾個數字，依次試一下就沒問題。只要他的手機號碼沒改，就一定可以打通。

不用上課，也不必參加社團活動的週六下午，天氣晴朗，我去了鳥飼步家。

他家住在札幌市中央區西側的宮之森，宮之森離我家所在的西區並不遠，那裡是有錢人住的地方，有許多時尚的咖啡店、蛋糕店和餐廳，我這個平民百姓的中學生，有點不敢靠近這一帶。他家就在宮之森大倉山那片丘陵地，那裡的跳台競技場曾在札幌冬季奧運會使用過。

我在市營地鐵東西線的圓山公園站下車，首先前往圓山公園。圓山公園是佔地面積很大、綠意盎然的休憩空間，公園內有神社、動物園、球場和田徑競賽場。我想起之前新年去北海道神宮參拜，結果得了流行性感冒，以及被圓山動物園的山羊追著跑，導致內心留下小小陰影的往事。雖然回想起來有點慘，但我對這個地方很有好感。有一種在都市中突然走進大自然的感覺，那不是很妙嗎？

我一路向西，穿越圓山公園，左側的圓山原始森林投下的柔和樹蔭和新鮮的空氣令人心曠神怡。雖然盛夏已過，出門的時候還感受到一絲涼意，但想到前面是一大段爬坡路段，就覺得這樣的氣溫剛剛好。廣場上，有人用手風琴、吉他和不知道是什麼名字的非洲鼓表演三重奏，懷舊的音樂聲隨著秋風飄過來。我之前聽過這首歌，但每次等到我想查一下到底是什麼歌時，就會忘記旋律。有情侶，也有父母帶著孩子走向公園，有人在坡道上慢跑，看起來很有氣質的狗跟著主人出門散步，公園內充滿市民享受假日的悠閒氣氛。

走出圓山公園，我先去了蛋糕店。我昨天想起他嗜甜食如命這件事，於是用地圖軟體查詢他家周圍，找到一家名叫『可可亞十公克』的蛋糕店。我所認識的他雖然不是那種專門找大人麻煩的任性小孩，但每到午餐時間，肚子一餓，就會強烈要求「不吃飯不重要，我要吃蛋糕」。

雖然我不知道他現在對糕餅是否還有這麼大的熱情，但除非有什麼重大變化，否則應該不至於討厭甜點。

那家蛋糕店似乎是透天民宅改裝的，今天有營業，但獨自走進這種地方的蛋糕店，還是有點畏縮，但是既然爬了四十分鐘的坡道才走到這裡，還是鼓起勇氣推門而入。

走進店裡，發現完全沒有客人，只有後方的廚房有人影。太尷尬了。雖然平時參加社團活動時，我很習慣大聲說話，但我很不擅長叫店員。光是想像自己好不容易鼓起勇氣，發出的聲音分岔，店員卻沒有聽到，心情就會陷入憂鬱。但換一個角度思考，目前的狀況反而對我有利。我可以不必面對店員，一個人慢慢挑選蛋糕。希望在我決定要買的蛋糕時，店員剛好發現我。

不大的櫥窗內整齊排放著可愛的蛋糕，價格都是在我的零用錢可以支付的範圍。泡芙、閃電泡芙、栗子蒙布朗、橙香巧克力蛋糕……雖然我每一個都很想吃，但買這麼多，我真的會破產。更何況我不能忘記此行的目的。我是來給他伴手禮（酬勞？）的。

我猶豫老半天，在我喜歡的巧克力蛋糕中選定橙香巧克力蛋糕，巧克力蛋糕上有一塊香橙片，非常可愛。除此以外，還挑了沒有人不愛的草莓奶油蛋糕。應該不至於兩塊蛋糕中，都沒有他喜歡的吧？我對著廚房叫道：「打擾了。」店員走出來後，我買好蛋糕，當我轉身離去時，店員對我說：「很抱歉，讓妳久等了。」讓我有點惶恐。

「沒錯沒錯，他家的房子就是這種感覺。」

好久沒來他家了，看到那棟房子，立刻有種懷念的感覺。

這片住宅區都是把山夷為平地後建造的房子，是有錢人住的地方，和我家那一帶感覺不太一樣。每棟房子都有可以並排停兩三輛車子的車位或車庫，堆放著成為暖爐燃料的木柴，很多房子都很有設計感，但他家並沒有特別大，乳白色的外牆搭配漂亮的歐式格子窗，很像是童話世界中的房子。蓬鬆的草皮上，等間隔排放的長方形墊腳石通往玄關，讓人想像裡面住了一個藍眼睛的少女，但實際住在裡面的是一個滿嘴歪理，個性古怪，大人眼中很狂妄的日本少年。

我戰戰兢兢地按下大門旁的對講機，過了一會兒，聽到一個聲音冷冷地問：

「……是海砂真史嗎？」

雖然他的聲音比記憶中低沉，但我立刻知道對講機另一端的就是鳥飼步。

「是的。你是……步，對嗎？」

「進來吧。」

我踩著墊腳石走到玄關，推開紅棕色木門，鳥飼步站在門內。他比我記憶中長大不少，但只看一眼，就知道他比我矮，睫毛還是很長。他的頭髮也很長，但似乎並不是因為懶得剪頭髮而任其生長。不知道是否視力變差，他戴了一副好像服裝店的店員戴的那種圓眼鏡。老實說，我覺得還有更適合他的眼鏡，但我沒說出口。

我們站著聊了幾句之後，他說：

「蛋糕是生鮮食品，必須馬上放進冰箱！我來泡咖啡，妳去飯廳等我。」

他說完這句話，幾乎從我手上搶過蛋糕盒。

他還是老樣子。

我走進飯廳，坐在用一整塊木板製作、故意弄得很有歲月感，而且充滿野性味道的餐桌旁。不一會兒，步就端著放著兩杯咖啡和蛋糕的托盤走進來。他默默把草莓蛋糕放在自己面前。

太好了！我很想吃橙香巧克力蛋糕，目前的發展正合我意。為了避免他發現我內心的竊喜，我故作平靜地把蛋糕和咖啡拿到自己面前，吃了第一口。

「真好吃！」

我情不自禁說道。雖然我並不討厭在超商買的蛋糕，但今天的蛋糕和超商買的味道完全不一樣。

「香橙的味道比我想像中更濃郁，口感很清新。」

「甘納許中加了香橙片，巧克力淋面淡淡的苦味，結合甘納許的甜味，再加上香橙的酸味，還有巧克力海綿蛋糕蓬鬆的口感……是不是結合得超級完美？每塊蛋糕都是一部『作品』，最大的樂趣，在於享受甜點師的美學意識和協調感，如果只是為了吃甜味，只要吃砂糖就可以達到目的。」

沒錯沒錯，他就是這副德性。心情好的時候會滔滔不絕，心情不好的時候，無論和誰在一起，他都可以兩三個小時不吭氣。

「草莓蛋糕好吃嗎？」

他沒有回答。他的心情就像珠穆朗瑪峰的天氣一樣瞬息萬變，現在似乎在專心吃蛋糕。不知道他是否覺得解說橙香巧克力蛋糕，就盡了身為主人的義務，但我們都不是小孩子了，他是否該學一下所謂的待客之道？

在吃完蛋糕之前，我們都沒再說半句話。

「呃，就是這個。」

我把草綠色的信封放在餐桌上。

「妳收到了轉寄的詛咒信嗎？」

他昨天在電話中說「有什麼事，等明天見面再說」，因此他還不瞭解情況。

「是……情書。」

當我說出口時，感到有點難為情。

「是喔。」

他不感興趣地瞥了信封一眼。

「妳該不會要我當妳的戀愛顧問？」

「我怎麼可能做這種事？」

「就是啊，萬一真的是這樣，我打算介紹妳去看醫生。」

我不想理會他的挖苦，打開信封，把裡面的A4影印紙攤在他面前。

他面不改色，撫平十字折痕後，開始看信上的內容。

✦

請原諒我突然寫信給妳。

該如何把我的心意傳達給妳？這件事讓我煩惱不已，左思右想之後，決定寫信給妳。我知道妳突然收到這封信，一定會感到很困擾，但是除此以外，我想不到其他方法。對不起，如果造成妳的不愉快，請妳把這封信丟掉。

即使想提筆寫信，真正要寫的時候，就會發現很難寫。雖然有很多想寫的內容，但很擔心如果全寫出來，反而無法傳達內心真正的想法。我已經寫了又刪，刪了又寫，足足寫了三個小時。

我知道無法用華麗的詞藻傳達心意，決定直話直說。

我喜歡妳。

妳有很多地方都很吸引我。妳個性溫柔開朗，很直爽……但也因為這樣，很容易受傷，這點讓我有點擔心。妳在一些很莫名其妙的事上很膽小，這點很可愛。

妳個子瘦瘦高高，運動能力也很強，籃球打得超好……我太崇拜妳了。

妳投籃的姿勢超優美，每次都讓我看得出了神。雖然我很想模仿，但遲遲學不會。

信不能寫太長，就先寫到這裡。

我並不指望妳看了信之後做什麼，只是……我無法不寫信給妳。

希望妳永遠保持現在的樣子。

✦

他看完信後抬起頭，喝了點咖啡，我也喝了一口已經冷掉的咖啡。我們都注視著空咖啡杯片刻，陷入難以言喻的沉默。

「真史，妳的籃球真的打得很好吧。」

「並沒有打得很好，但我參加了籃球社。」

「妳個子很高，打籃球很有利。這個選擇很正確，妳打哪一個位置？」

「這是需要現在討論的問題嗎？」

「不，不是，只是隨便聊聊而已。」

那我剛才問你草莓蛋糕好不好吃，你為什麼不回答！只說自己想說的話，只問自己想知道的事，根本不能稱為聊天。只不過為這種事爭執很浪費時間，我沒再說什麼。

「我看了之後，最先想到的是，那個人為什麼非寫這封信不可？」

「果然很奇怪吧？」

根據我的觀察，這封信只是把用電腦打的文字列印在A4影印紙上。

「通常這種信不是都用手寫嗎？雖然現在都用電腦打履歷表，但情書還是都用手寫啊。這種時候不必追求合理性，而是要浪漫。收到情書的人，當然也覺得手寫的信更有誠意。如果我去學校，看到自己鞋櫃裡的情書竟然是電腦列印出來的，會覺得很可怕。」

「步，你沒去學校上課嗎？」

我驚訝地問。他這個人很古怪，很可能難以適應學校的生活，但看起來不像是會在意這種事的人。要是遭到霸凌，他反而會用自己的聰明才智把那些霸凌他的學生整得不敢到學校上課。

「不值得大驚小怪，妳班上應該也會有一兩個不去學校上課的同學。」

「雖然是這樣……發生什麼事了？」

「就是因為學校沒有發生任何事，所以才不去啊。中學程度的學問，根本不需要老師教我，和同學之間的相處，也不能學到任何東西。」

「你從什麼時候開始不去學校？」

「這是現在需要討論的問題嗎？」

「……嗯，對不起。」

他竟然用這句話回敬我。我的確沒有權利過問他的隱私。

「言歸正傳。這封情書是用印表機印出來這件事很奇怪，但還有更奇怪的事。」

他拿起草綠色信封，檢查著正面和反面。

「完全找不到寄信人的名字。」

「這就是我最在意的問題。這封信是誰寫的……步，你幫忙想一下。」

他很受不了地嘆氣。

「我說啊，妳問我是誰寫的，問題是我對妳的交友關係一無所知。情書這種東西的確是敏感的問題，和交友圈以外的人討論也不失為聰明的做法……」

「你盡可能幫忙想想看，如果實在想不出來，那也沒辦法。」

他把右手肘放在桌上，手掌捂著嘴。這是他在動腦筋時的習慣動作，從小到大都沒有改變。

「……蛋糕我也吃了。」

他嘀咕。

「那妳就說說妳想到的事，我需要一些線索。」

步在重新倒的咖啡裡加入三塊方糖，他剛才明明喝的是黑咖啡，吃了蛋糕之後，還要攝取這麼多糖分，難道是為了讓自己腦袋更靈活嗎？我和喝第一杯時一樣，放了一塊方糖，再加入牛奶。

我們都喝了兩三口之後，我把自己的想法告訴他。

我的第一個想法。

「會不會是有人惡作劇？老實說，難以相信有人會寫情書給我。」

「寫情書給根本不喜歡的人太惡劣了。如果真的有人這麼做，那個人應該超討厭妳。但是，妳倒是想一想，這種惡作劇的目的，就是為了嘲笑收到信的人表現出來的醜態。如果妳在收到信之後，沒有對寄信的人做出某些反應，或是因為無法做出反應而悶悶不樂，就一點都不好玩。

妳收到信之後決定來和我討論，但也有人收到這種來路不明的奇怪情書後順手就丟進垃圾桶。如果是惡作劇，效果太差了。」

的確，如果寫這封情書的目的是為了傷害我，應該有更好的方法。我收到這封信的確很困擾，但也就只是這樣而已。

「那還有一種可能。」

我的第二個想法。

「假設真的是情書，為什麼不是用手寫？這封信會不會只是草稿，還有另一封用手謄寫的正本？

可能要一改再改，用電腦不是比較輕鬆嗎？但在最後裝進信封時，沒有把親筆謄寫的那封信放進去，而是誤把列印的草稿放進信封，所以謄寫的那封正式的信上留下寄件人的名字。」

「如果是草稿，有必要特地折起來嗎？」

「喔，對耶。」

只有列印的草稿和謄寫的正本都是向內對折兩次後排放在一起，才可能誤把草稿放進信封，但是，實際上只有必須裝進信封的正本需要折好，沒有理由把草稿也折起來。

「會不會是在折信的時候，不小心拿錯了正本和草稿？」

「妳覺得會有人在折信之前，完全不確認一下內容嗎？只要瞄一眼，就知道這是列印出來的草稿。」

我差點同意，但又想到了不同的可能性。

「也許是用草稿試一下是否剛好能夠裝進信封，因為通常不希望正本留下試折的折痕。」

「用草稿試一下，然後就一直放在信封裡嗎？怎麼可能？用草稿試完之後，不是會拿出來，然後再把正本放進去嗎？」

「如果有好幾個相同的信封，可能會搞混。把草稿試裝進一個信封之後，然後又把正本裝進另一個信封，外表看起來一模一樣。」

「不一樣。」他臉上的笑容好像在哄親戚的小孩，「信封不是封了口嗎？」

他把信封背面出示在我面前。被我撕掉一半的星星貼紙顯示出這個事實。

「裝了草稿的信封當然不可能特地封起來。

如果是粗心大意的人，沒有馬上完成貼上貼紙這種簡單的作業，或許會把兩個外表看起來相同狀態的信封放在一起，但隔了一段時間之後，再用貼紙把信封封起來，會先確認一下信封裡的信。情書對任何人來說，都不是隨隨便便的東西。」

他徹底否定了我提出的可能性。雖然覺得找他討論真是找對人了，但有點不甘心。

「而且還有另一個理由，讓我懷疑是否還有重新謄寫的正本。真史，如果妳要寫情書，會用什麼紙？」

「什麼紙……應該是信紙吧？像是可愛的，或是漂亮的信紙。」

「對不對？如果買信紙信封組合，就會有和信封相同圖案的信紙，即使另外買和信封不同的信紙，通常也會選擇尺寸和圖案都與信封搭配的信紙。

只要去文具區就知道，A4尺寸的信紙並不常見，有的話，幾乎都是公務用信紙，而且都是五十張、一百張為單位販售。

但是，只有A4一半大小的A5，還有B5或是B6也一樣，這種尺寸的信紙種類就很豐富，而且可以根據不同的用途和不同的心情自由挑選，只要對折，就可以剛好裝進西式二號信封，比把A4的紙折成四折後放進信封更美。」

我瞭解他想表達的意思。

「如果紙張的大小不同，就不可能搞錯草稿和正本。」

「對，從紙張尺寸的角度來看，不太可能把草稿和正本搞錯，也就是說，原本就只有這張列印在A4影印紙上的信，信封內裝了列印的信並不是裝錯了，而是有某種意圖。」

他清了清嗓子，不知道是否因為他興致高昂，說了太多話的關係，他的聲音有點沙啞。

「呃……」

「什麼？

「算了，沒什麼。」

「有話就說，想到什麼都說出來。重要的線索往往隱藏在原本以為不可能的事中。」

「信上沒有寄信人的名字，單純只是忘了寫？」

他不發一語，站起來走去廚房，在杯子裡倒了水。他家是開放式廚房，可以看到他的身影。他剛才的聲音有點沙啞，可能想喝水。

「真史，如果妳要寫情書，會推敲多久？」

「應該會熬夜推敲。」

「如果是寫給喜歡的人，一定會推敲再推敲，再三推敲之後，寫出超害羞的文章。至少不會把沒打草稿就寫的內容直接裝進信封。」

「什麼意思？這是根據你的實際經驗在表達的意見嗎？」

「無可奉告。」

他一口氣喝完杯裡的水。

「如果連自己的名字都忘了寫，那就太大意了。我認為寄信的人是故意不寫自己的名字，基於相同的理由，用印表機列印這封信。」

「我完全聽不懂是什麼意思。」

「就是對方原本就沒打算向妳表明身分。雖然無法克制對妳的喜歡，非告訴妳不可，但那個人由於某種原因，無法表明自己的身分。

雖然是情書，卻連筆跡都沒有留下，那是因為妳看過寄信人寫的字，或是可以輕易查到。」

「我完全想不到會是誰……」

「我對妳的情況一無所知，只能分析到這種程度，更何況我不可能驗證認識妳的每一個人到底是什麼樣的人。那就再從機會的角度，來分析一下可能是誰寄的信……不，在此之前。」

「什麼？」

「我要先提出兩個忠告。首先，不可能靠推論洞悉一切，如果有這種本事，就不需要警察了。第二，瞭解真相未必一定能夠解決問題，相反地，有時候甚至可能會衍生出新的問題。這個世界上，有些事還是保持模糊的空間，不知道真相比較好。」

他說的也許有道理，我也長大了，能夠同意他的話，但我不是那種提得起，放得下的人，無法將來路不明的離奇情書忘得一乾二淨，就像什麼事也沒發生，繼續過正常的生活。

「我想知道。」

他靜靜地點點頭。

「那妳把從上學之後，到收到情書為止的事，盡可能詳細地告訴我，就算妳覺得無關緊要的事，也不要省略。」

等他重新坐下後，我把昨天的事全都告訴他。雖然不知道說「幸好」這兩個字是否正確，我是在第二節課之前的課間休息時發現情書，因此要說明的情況並不至於太多。雖然很丟臉，我把體育課的事，和投了空心球的事也都一五一十說了。

「原來是這樣，我明白狀況了。」

他瞇起眼睛說。我覺得他那副圓眼鏡後方的雙眼似乎微微發亮。

「妳知道可能寫情書給妳的人嗎？即使只是妳的直覺也無妨。」

「啊？你突然問……」

「這樣不是比較有效率嗎？首先必須搞清楚，是否有妳憑直覺可以猜到的對象。」

我的腦海中閃過京介的影子。

英奈說，京介喜歡我。寫情書這種行為很誠懇、內斂，很像是京介會做的事。

「可能、有一個人……」

「那個人是妳的同班同學嗎？」

「不同班。」

「那可以排除這個人。把情書放在妳課桌內的人和妳同班。」

「為什麼？那可不一定啊。」

「很簡單啊，因為那封情書放在妳的課桌抽屜裡啊。」

「你這樣分析會不會太敷衍了?不能因為放在我課桌內,就認定是同班的同學。」

第一節課是體育課,在這段時間內,教室內完全沒有人。

「你們學校不是接連發生竊盜,有好幾名教職員在學校內巡邏嗎?全校學生應該都知道這件事,在移動到其他教室上課時,更會特別注意。我不認為其他班級的學生會特別選在這個時間點,為了偷放情書闖入其他班級的教室。」

「但是,老師並不是整天都守在教室。」

「但沒必要冒這種險,只要稍有閃失,就會被認為是竊賊。更何況如果要傳情書,有更經典、更容易避人耳目的地方。」

聽他這麼說,我立刻想到了。

「鞋櫃。」

「我雖然不太瞭解那些青春愛情故事,但情書通常不是都會放在鞋櫃裡嗎?有些很受異性歡迎的美少年和美少女的鞋櫃裡,不是會因為放了大量情書而發生雪崩,還有人會把點心放在喜歡的人的鞋櫃裡。雖然我無法理解那些把食物放在那種地方的人,衛生觀念到底有多差。」

雖然他說自己不太瞭解,但我覺得他可能看了不少這類青春小說。

「如果有人幫忙呢?可能是其他班級的人請我們班的同學把信放進我的課桌裡。」

「保守秘密最確實的方法，就是不要讓任何人知道秘密。如果幫忙的人粗心大意，被妳發現了怎麼辦？妳一定會質問那個幫手，情書是哪裡來的。幫手能夠不說出寄信人是誰嗎？如果不說出是誰寫的信，就會被誤會是幫手自己寫的。

就算一切順利，還是隨時都隱藏著幫手說出寄信人到底是誰的危險性，堅持匿名的寄信人能夠承受這種壓力嗎？

更何況根本不需要執著於不惜找人幫忙，都非要放在妳課桌內這件事。」

我抱著雙臂沉吟。

「啊！可能是在我還沒上學之前，那封情書就放在我課桌裡了，我只是沒有發現而已。」

我用有點誇張的語氣說。我想說出有助於釐清真相的意見。

「妳的課本都放在課桌內嗎？」

「對，早上到學校之後，就會把書包裡的課本全都放進課桌。」

「那麼妳在放學時，就會把所有課本都帶回去嗎？」

「當然啊，我才不會那麼懶，把用不到的課本留在學校。」

「情書放在哪裡？」

「……啊！對喔。」

當我把手伸進課桌抽屜，準備把第二節課要用的社會課本拿出來時，摸到最上方薄薄的紙。沒錯，情書是放在我的課本上。

「如果妳沒有發現情書，把課本放進課桌，情書不是會被壓得亂七八糟嗎？即便奇蹟似地保持整齊的狀態，情書仍會被壓在課本下方，妳不可能在第二節課，在昨天第一次使用課本的社會課前發現。」

所以，這代表情書是在我到了學校，把課本放進課桌抽屜內之後才放進去的。

他似乎比我這個當事人更正確瞭解昨天的狀況。

「有好幾名教職員在學校內巡邏，那也可以認為是某個老師寫了情書給妳，但如果被其他老師發現把情書放進妳的課桌，非但可能被冤枉是竊賊，甚至可能丟飯碗。」

「不，原本就不可能是老師！」

「那可不一定，至少老師符合不方便公開真實身分的人這個條件。」

我想起幾個教我們班的男老師，全都是大叔，沒一個是帥哥，光是想像這件事，就感到不寒而慄。

「由於有老師在學校巡邏，所以也可以排除是校外人士的可能性，所以，只有妳的同班同學，才有可能把情書放在妳的抽屜裡。」

寄信人是我的同班同學。雖然班上有幾個和我關係不錯的男生，但如果有人寫情書給我，就太頭痛了。

「搞不好根本不是寫給我的情書。」

情書中完全沒有提到我的名字，仔細想一想，可能並不是寫給我的。

「這更不可能。既然是一天之中，有半天的時間都在同一個教室上課的同學，不可能搞錯喜歡的人的座位。」

「那……倒是。」

我絞盡腦汁，努力想著班上和我比較要好的男生。

「雖然有經常聊天的男生……」

「和是否經常聊天沒有關係，妳不要隨便縮小寄信人的範圍。」

「但是如果平時沒什麼交流，怎麼可能寫情書給我？」

「這個世界上，有所謂的一見鍾情。喜歡一個人，未必需要可以用言語表達的明確理由。」

「什麼意思？這又是你的親身體驗？」

「無可奉告。」

我本來就不想聽他的戀愛故事，於是沒有繼續追問。

「妳的同班同學什麼時候把情書放進妳的課桌？那個人甚至沒有在情書上寫自己的名字，當然不可能是在別人會看到的時候。妳的座位是在教室的哪一個位置？」

「正中央。」

「如果是這樣，很難趁別人不注意的時候放進去。四面八方都可能被人看到，男生要把什麼東西放進女生課桌很引人注目，而且沒那麼容易。如果要放的話，就是在移動到其他教室，就是體育課的前後。如果男生在教室內換衣服，那就是在上體育課前，留到最後一個才離開教室，或是在上完體育課時，最先衝回教室的人最可疑。」

我覺得似乎大幅縮小了範圍。

「想不被人看到，最確實的方法就是在上體育課前，在教室內留到最後。在上完體育課後一路狂奔衝回教室很不自然，如果只是快步走回教室，其他人同樣會很快走進教室。

在上體育課前，誰最後一個走出教室，或是上完體育課時，誰最先走回教室。只要能夠查出這件事，應該就可以大致猜到是誰把情書放進妳的課桌抽屜。」

只要星期一去學校時問班上的男生，應該可以知道答案。那就問總士吧。

嗯？總士……

我的側腹感受到一股涼意。

「怎麼了？妳想到可能的人選了嗎？」

「不，但是根本不可能啊。他有女朋友……」

「哪有什麼不可能？正因為有女朋友，所以完全不期待妳的任何回應，不奢望妳有什麼回應，但還是無法克制對妳的心意，想用某種方式傳達給妳，於是就寫了這封用印表機列印的匿名信。」

「怎麼會……」

我無力地垂下肩膀。

「雖然那個人的動機很充分，但現階段還無法斷定他就是寄信人，只不過現在可以暫時放下調查這封情書的事。妳可以徹底忘記這封情書，星期一就當作什麼事也沒發生，正常去學校上課，這樣的態度最不會出問題。」

他說得對。如果發現寄信人是總士，我不知道之後該怎麼和他相處，絕對無法再和以前一樣。

雖然總士很白痴，但和他在一起很開心，我也很喜歡他這個朋友。雖然每次聽他曬恩愛就覺得很煩，但可以感受到他很愛他的女朋友。如果真的是總士寫情書給我，我會看不起他。

如果是總士以外的男生寫情書給我，即使我知道了，也不能怎麼樣。還是假裝什麼都不知道比較好，只不過這個寄信人無法不寫信告訴我心意，看到我無動於衷，又會是怎樣的心情？我知道自己根本不需要絞盡腦汁煩惱這種事，因為如果對方希望我有所回應，就該光明正大地表明身分，目前這種狀況，我根本無法回應。

我來這裡找步，以為或許能夠發現真相，但我想像的真相，不是有人惡作劇，就是搞錯了對象。如果是有人惡作劇，只要把那封信丟掉就好；如果是搞錯對象，我覺得必須設法告訴寄信的人。沒想到……

可以說，我的好奇心已經充分滿足。我來見了闊別九年的男生，吃了蛋糕，進行推理，這件事本身就是愉快的經驗。

到此為止沒有問題，只不過如果這樣，我就會持續對總士疑神疑鬼，乾脆徹底調查清楚，也比較知道今後到底該怎麼做……

我沉默良久，沒有說一句話。

而他也愁眉苦臉。

「怎麼了？」

他沒有回答。難道只是沒聽到我的問話。

他捂著嘴，似乎仍在思考著。

天色暗了下來。我每年都會為進入秋天之後，白天的時間突然變短的現象感到驚訝。

「我差不多該回家了。」

雖然外面有路燈，但從幾乎像是深山的地方獨自走去地鐵車站，還是有點可怕。

「喔。」他放下捂著嘴的手，「如果我媽在家，就可以請她開車送妳去車站，要不要幫妳叫計程車？」

「不用！你不必這麼費心！」

「不必擔心，我幫妳出錢，反正到圓山公園車站不會花太多錢。」

「真的不用！」

他擔心我一個人回家。這也是理所當然的事，他不可能永遠都是五歲的小孩。雖然他還是怪胎，像以前一樣滿嘴歪理、狂妄自大、盛氣凌人，沒想到也會關心別人。

「有什麼好奇怪的？」

「我沒說你奇怪啊，謝謝你。」

他把草綠色的信封拿到自己面前，再次打開了A4影印紙。

「但是，情書這種東西，在外人眼中真的會顯得很滑稽。」

他苦笑著再度看著列印的文字。

我覺得他似乎在掩飾內心的害羞。

「……嗯？」

他突然瞪大眼睛，和剛才看信時的反應明顯不一樣。

「有什麼新發現嗎？」

「是啊。」

「趕快告訴我！」

他該不會從情書的內容中猜到可能寄信的人？也許並不是總士。我忍不住開始期待。

「我剛才說過，我只是推論，並無法洞悉一切，而且瞭解真相可能非但無法解決問題，甚至可能衍生新的問題。」

「什麼新問題？」

「可能會面臨比目前更費解的局面，但關鍵取決於妳。無論如何，這封情書並不完整，即便被妳認定只是惡作劇，當作什麼事都沒發生，都沒有任何人可以責備妳。」

「對我來說，或許有點困難，我無法當作這件事沒有發生。我的確覺得用這種方式收到情書很困擾，既然對方造成我的困擾，那我覺得基於好奇心，試圖找到答案也沒問題。

但是，如果對方真的是因為喜歡我而寫了這封信，我卻當作什麼事都沒發生，未免太殘酷了……」

他嘆口氣說：

「我第一次看到這封情書時，只覺得有點可怕，但現在重新看了之後，發現一件事。我們由於內心成見，排除了將近一半的可能人選。」

「一半？」

「我注意到這個部分。」

他指著某段文字。

『妳投籃的姿勢太優美了，每次都讓我看得出神。雖然我很想模仿，但遲遲學不會。』

我也恍然大悟。原本只注意到寫信的人沒有留下名字，以及是用印表機列印這些事……

「真史，妳是用雙手投籃嗎？」

「嗯。」

「基本上，男生都是用單手，女生用雙手投籃，對不對？」

「日本是這樣，但在國外，女生單手投籃是主流。」

「妳班上有男生參加籃球社嗎？」

「有一個男生。」

「他是怎麼投籃的？」

「單手啊。」

「也就是說他並沒有模仿妳。其他男生只有在體育課的時候會打籃球，大部分人應該都搞不清楚是單手還是雙手，反正都亂投一通吧。」

「應該是。我聽說上課練習時，男生都只是在籃框下練習投籃而已，女生也一樣。」

「如果有男生模仿妳投籃的動作，用雙手投籃，一定會很引人注目，如果真的有這樣的男生，妳只要去問一下那個籃球社的男生，馬上就知道是誰了。

令人在意的是，寄信人有不能讓妳知道真實身分的苦衷。既然對方在信上提到在體育課上做出這麼引人注目的事，那就失去匿名的意義。如果是在體育課以外的地方偷偷模仿妳投籃的動作，有必要特地在情書上寫這種事嗎？」

雖然我大致猜到他想表達的意思，但還是問他：

「你想說什麼？」

「我想說的是，寄這封情書的人未必是男生。

我一直搞不懂，為什麼要冒這麼大的險，非要把情書放在教室的課桌內。體育課前後換衣服的時間，在教室內只剩下寄信者一個人，然後把信放在妳的課桌內，萬一被巡邏的老師看到，不是會說不清楚嗎？

就算排斥把鞋子以外的東西放在鞋櫃裡，也沒理由冒這麼大的險。」

「……你的意思是，可能是女生嗎？」

「在換衣服的時候，全班的男生都仍然留在教室內，當然也會有最後一個離開教室的女生。

在這種狀況下，若把信放進妳的課桌，別人並不會覺得奇怪。

假設有男生看到某個女生把信放進妳的課桌裡，根本不可能變成八卦，只覺得是女生相互寫信。」

「等一下，的確有女生會隨手拿便條紙寫些東西，相互傳紙條，但並不是所有女生都會做這種事，至少我就沒有和任何人傳過紙條。如果有男生看到有人把信放進我的課桌，不是會覺得奇怪嗎？」

「妳認為男生會清楚知道哪一個女生喜歡寫信，誰和誰經常相互寫信嗎？」

「你這麼說……」

雖然男生和女生從早上開始，就長時間被關在同一個空間，但男生和女生之間的確有一條肉眼看不到的線，雙方無法完全瞭解彼此的生態。

但那只是一條線，並不是一道牆，其實只要輕輕一跳，就可以闖進對方的地盤，只是如果用引人注目的奇怪方式跨越那條線，群體內的氣氛就會立刻變得很尷尬，就好像我昨天投了空心球，和總士胡鬧那樣。

「從女生的角度來看，體育課換衣服的時間，是把情書放進別人課桌的最佳時機。因為上其他課換教室時，男生和女生都會一起走出教室。上體育課時，妳會長時間離開座位，就算放信時被人發現，事情鬧大的可能性還是很低，巡邏的老師更不會產生莫名其妙的懷疑。

這種情況和把情書放進鞋櫃一樣……不，甚至可以認為放在課桌內是最好的方法。因為如果放在鞋櫃時，並不是完全不會被別人看到。雖說女生被認為喜歡用繞圈子的方式溝通，但放進鞋櫃的信通常不會被認為是和朋友之間寫信說心事。」

我靠在椅背上，看向天花板。鈴鐺形狀的漂亮吊燈在餐桌上灑下溫暖的光。

「那個人是不是太大意了，或是有一絲自負？」

我將視線從天花板移到他身上。

「信上說，要模仿妳投籃的動作，更何況妳是籃球社的人。難道寫信的人認為妳絕對猜不到是女生寫的信？

還是說……對寄信的人來說，這句話無論如何都非寫不可？」

「我不知道。」

「是啊，我們再怎麼絞盡腦汁，都無法洞悉所有的真相。」

我再次看向窗外，天色已經完全變暗了。

「我已經說得很清楚了，妳應該可以猜到是誰。如果還打算進一步……情書上並沒有寫妳的名字。」

他也緩緩靠在椅背上，看著這封奇怪的情書。

「我認為那是對方的貼心，如果妳認為是有人惡作劇，當作這件事沒有發生，把信丟掉也無妨。如果上面有妳的名字，想丟也會不太方便。

不，事實到底如何就不知道了，我是剛才臨時想到這件事。」

「嗨，小海，找我有事嗎？」

「嗯，完全不是什麼重要的事。」

回家吃完飯後，煩惱了半天，最後決定打電話給總士。

「體育課上打籃球時，有沒有男生雙手投籃？」

「妳是說，用正規動作投籃嗎？」

「嗯……」

「應該沒有吧，如果有人這樣投籃，我應該會注意。」

「也對。」

如果有人模仿我投籃的動作，應該是女生。

「為什麼突然問這個問題？」

「我只是隨便問問，你不必放在心上。還有另一件事想問你，昨天上完體育課回教室時，你不是站在我的課桌旁嗎？」

「嗯，對啊。」

「你有沒有看到誰把什麼東西放在我課桌內？」

「嗯，應該沒有。小海，怎麼了？有人在惡搞妳嗎？」

他開心地開玩笑問道。

步的推理沒錯，寄信人是在體育課前把情書放進我的課桌。

「不是惡搞，是有人把塗鴉放在我的課桌內，但沒有惡意，只是沒有寫名字，所以我想說可能是哪一個同學。」

「是喔。」

總士附和著，似乎沒有太大的興趣。

「謝謝，我只是想問這件事。」

「妳特地打電話給我，就只為了問這個問題嗎？」

「內心有疑問的話我就會睡不著。」

「妳看起來不像是這樣的人。」

「反正就是這樣，那就先拜嘍。」

我不由分說地結束了通話。

體育課之前，哪一個女生最後離開教室？我不需要問別人，也知道這個問題的答案。

因為就是我和英奈。

正確地說，我比英奈更先走出教室。

所有女生中，只有英奈有機會把情書放進我的課桌。

我無法相信。

我堅決不願相信這件事，是因為英奈對我有戀愛的感覺，會令我產生嫌惡感嗎？

她到底是基於怎樣的想法，怎樣的心情……

我們聊了很多廢話，也聊了很多戀愛的話題。

她告訴我，京介喜歡我。

當我很在意自己長得太高這件事時，她對我說，她很羨慕我，還說有些人為自己長不高煩惱不已。

我這個人向來神經很大條，英奈總是細心觀察周圍，在一旁協助我。

神經大條這句話刺了我一下。姑且不談情書的事，我是否一直以來，都習慣了英奈的體貼，在不知不覺中傷害了她？

她個子嬌小，富有光澤的黑色鮑伯頭很適合她的娃娃臉。雖然她看起來像是會覺得在家擼貓織毛線是最快樂的事，但其實她在籃球場上，很擅長用運球突破敵隊堅強的防守，經常犯規，也經常讓敵隊犯規。

因為她突破敵隊的防守，我才有機會投籃。我不太喜歡在球場上撞人這種激烈的打法，英奈連同我的份挺身奮戰，我這個大塊頭才能心情愉快地投籃……我甚至產生了這樣的感覺。

雖然英奈經常調侃我，說我反應很遲鈍，或是有點呆呆的，但我是否真的對周圍人的感受，對英奈的感受太遲鈍了？

「但現在還無法確定……」

除非她當面向我承認，否則我無法認定她就是寫情書給我的人。

要當面問她？

還是要寫回信，放在英奈的課桌內？

或是就當作什麼事都沒發生？

我完全不知道該怎麼做，也不知道怎麼做比較好。

我稍微哭了一下。

隔天星期天，雖然籃球社要練習，但我推說身體不舒服，就請了假。這是我第一次沒去參加籃球社練球。平時我只要打一個噴嚏就會很擔心的英奈這天只傳了一則訊息問我「妳還好嗎？」我回訊息說「沒事，明天就可以照常上學」，她就沒再回覆。

我想了一整天，還是沒想出答案。

就這樣帶著不解之謎，迎接了星期一。

「小海，早安，好多了嗎？」

「嗯，沒事。」

「真難得啊，竟然會感冒。妳的優點就是壯得像牛一樣。」

「妳不要說得好像這是我唯一的優點。」

「我可沒有這麼說。」

早上在教室遇到英奈時，她和平時一樣，我暗自鬆口氣，甚至覺得是自己太敏感。搞不好寫情書的人比步想像的更笨，不顧老師加強巡邏，大搖大擺地走進空無一人的教室放在我的課桌內。

老師快進教室了，我在自己的座位上坐下。剛才和總士對上眼，但他並沒有和我說話。經過上次體育課的事，他可能不希望我再成為別人的眼中釘。

在把課本放進課桌抽屜之前，我隨手摸了一下。

陌生的紙張觸感從指尖一下子傳入大腦。

我緩緩把紙拉出來。那是一張橫式小信紙，上面印有一隻藍色小鳥停在森林的樹枝上。

正中央用娟秀的手寫字寫著一行字。

『請妳忘了星期五那封信。對不起。』

我一整天都六神無主，比平時更無法專心上課。轉眼之間，就到了放學前的班會時間，然後是社團活動的時間。

我不能一直這樣渾渾噩噩。寄信的人希望和我之間的關係，恢復到我收到情書之前的狀態，也可以說，寄信人希望自己回到寄出情書之前的狀態，如果我一直煩惱不已，寄信的人就會一直很痛苦。

回想過去，我曾經有許多很希望一筆勾銷的事。我相信每個人都一樣，既然對方希望我忘記，那我就真的忘記這件事，或許就是我對喜歡我的那個人最大的溫柔。

在社團活動時，我比平時更拚命投籃。

「嘿！」

我就像是史蒂芬．柯瑞上身，接到隊友傳過來的球，立刻做出投籃的姿勢，然後讓球離開雙手，完全不讓對手有時間阻擋我。

籃球被吸進球框。

如果每次都可以這樣，似乎有點厲害。

「小海，妳每次太投入，姿勢就會有問題。」

「我知道。」

又挨了英奈的罵。

打籃球太開心了。只要在場上奔跑，就可以多少忘記情書的事，雖然只是稍微忘記而已。

練習結束後，拿到所有人目標清單的影本。

英奈十年後的目標是——

『去國外工作。』

那行字很娟秀。

第二章　鋼琴手置身事外

好像每一所學校都有所謂的鬼故事。像是幽靈少女花子躲在廁所的隔間，或是有屍體埋在舊校舍的牆壁內，或是假人模特兒在學校裡走來走去，空無一人的音樂教室傳來彈鋼琴的聲音，體育館有拍球的聲音……

我對這種鬼故事完全沒有興趣。我參加了籃球社，整天都在體育館，但從來沒有聽到這種奇怪的聲音。搞不好體育館的鬼故事是我在體育館內打球發出的聲音，造成有人誤會……不，不可能。我從來沒有獨自在體育館待過，如果我一個人在體育館打球，會被老師罵。

有一天課間休息時，英奈喜孜孜地對我說。

「聽說傍晚五點之後，東側從二樓到三樓的樓梯級數會增加。」

「增加之後會怎麼樣？」

「不知道。」

十月初旬，大家愛說鬼故事的季節早就已經結束了。

英奈很喜歡恐怖故事，在籃球社時，她也愛說鬼故事給大家聽，把男生和女生都嚇得發抖。尤其總士很膽小，經常成為英奈鎖定的目標。

光是想像她那頭富有光澤的鮑伯頭黑髮出現在暗夜的校舍，月光從窗戶照進來，照在她的頭髮上，就感覺有點可怕。

這種落差太好笑了，我忍不住發笑。

「妳想到什麼？一個人在那裡笑。」

「不，沒事。」

我不置可否地敷衍回答，畢竟我不可能對她說：「晚上的時候，妳一個人走在校舍，看起來很像鬼！」

「今天我們就去看看，反正不用去籃球社練球，閒著也是閒著。」

英奈經常找我一起做這種事。我猜想她雖然愛說鬼故事，但其實很害怕一個人去那種地方。

傍晚之前，我們都在圖書室內打發時間。英奈寫功課，我在看書。雖說是看書，但並不是看文字書，而是看《怪醫黑傑克》。黑傑克以前在國外差一點被人栽贓時，有個日本人曾經救過他，如今黑傑克有機會報恩了。看完那一集時，剛好五點了。

「小海，時間差不多了。」

圖書室位在校舍一樓的西側，我們沿著沒人的走廊，走向東側的樓梯。

沿著東側樓梯上樓後，站在據說會發生離奇現象的二樓通往三樓的樓梯前。

「小海，有件事要先說明清楚。」

「什麼事？」

「要從開始上樓梯的那一級開始計算，『0』的那一級不可以計算在內。」

她一臉嚴肅，我覺得她太可愛了。

「還有，走完樓梯時，留在樓梯上的那隻腳踩在三樓的樓梯口時也不能算，就是純粹計算樓梯的級數。走下樓梯的時候，同樣要用一樣的方式計算。」

「但是，如果不知道平時樓梯有多少級，怎麼知道到底有沒有增加？」

「別擔心，今天午休時，我已經數過了。」

英奈做事果然一絲不苟。是否要把最初和最後一步計算在內，樓梯的級數就會有所不同，如果和一起上下樓梯的人計算出來的答案不一樣，就會讓人尖叫。既然已經清楚確認好前提，樓梯的級數根本不可能改變。

「好，那我們開始往上走。」

英奈躍躍欲試。

我們上樓、下樓了好幾次，我和英奈每走一級樓梯，就會數出聲音，計算了好幾次，每次答案當然都一樣，上樓和下樓時的樓梯級數也沒有任何變化。

「要回家嗎？」

英奈抬頭看著我問，她看起來並沒有很失望。

「好啊。」

我們二年級使用的出入口在西側，我們沿著目前所在的三樓走廊走向西側樓梯。

即將來到中央樓梯附近時，聽到音樂教室傳來彈鋼琴的聲音。

走在前面的英奈突然停下腳步。

「好奇怪……」

「怎麼了？」

「有鋼琴的聲音。」

「那裡是音樂教室，有鋼琴聲很正常。」

現在這個時間，合唱社應該還在音樂教室內。

「我聽井村說，今天合唱社沒有社團活動。」

「妳的人面還是這麼廣，我們學校並沒有管樂社……」

「這個鋼琴聲該不會是靈異現象……」

英奈語尾的聲音明顯變了。

「要不要進去看看？」

「啊？真的要……」

倒不是害怕可能真的鬧鬼，而是我們突然闖進去，彈鋼琴的人問我們：「有什麼事嗎？」──那不是尷尬死了？

「小海，別擔心，我就說音樂課本不見了，然後假裝找一下就好。」

英奈似乎看穿我內心的想法，說完之後，向前一步，打開音樂教室的門。

鋼琴聲戛然而止。

「啊！」

英奈輕呼，聽起來不像是看到了不該看到的東西。

我在英奈身後向音樂教室內張望，立刻明白英奈驚訝的原因。

「是京介。」

坐在鋼琴前的是岩瀨京介，他一雙細長的眼睛看過來，身旁站了一個以前曾經見過的男生。應該是他的同班同學，但不知道他叫什麼名字。

「妳們怎麼會來這裡？」

「我們剛才在數東側樓梯的級數。」

英奈有點得意地說。

京介歪著頭，苦笑著說：

「喔，原來是校園七大靈異事件。妳們還真閒啊。」

「不用你管，倒是你，這麼晚了，怎麼還在這裡？」

「這個月底不是要舉辦班際合唱比賽嗎？原本伴奏的女生住院了，可能無法在練習和正式比賽時伴奏。」

京介並不是剛入學時就參加籃球社，他在自我介紹時，曾經提到他以前學過鋼琴。

「我還在猶豫，很久沒彈，不知道手指有沒有變僵硬，今天來試彈一下。」

「岩瀨，你真是太頑固了。」京介身旁的男生開口，「反正只是為校內的合唱比賽伴奏，你剛才已經彈得夠好了，我第一次聽你彈鋼琴，超讚的，我根本嚇到了。」

「我彈得不好，真正會彈的人，彈出來的音質完全不一樣。」

「反正那是像我這種外行人完全無法瞭解的世界。」

英奈深有感慨地說。

「不，妳會聽得出來，真正有才華的人只要一彈，任何人都聽得出來很厲害。只有那種冒牌貨，才會說什麼內行人才聽得出好壞。

我妹妹以後想當鋼琴家，她彈的就和我完全不一樣。即使蒙上眼睛，也可以分辨出是我還是妹妹在彈。」

「京介，你的自我要求還是這麼高。」

他就像是修行僧。

「你為什麼在音樂教室彈？你家不是有鋼琴嗎？」

英奈納悶地問。英奈說得沒錯，既然他妹妹想當鋼琴家，家裡應該有鋼琴。

「家裡的鋼琴無論調音還是其他的，都是妹妹專用，我不能隨便亂碰。」

京介說話時顯得有點落寞。

「難得有機會，你就彈給我們聽聽。這不是千載難逢的機會嗎？」

英奈催促著，京介猶豫不決地說：

「嗯……但是很難為情啊。」

「有什麼關係嘛，人家女生都開口了，就彈給她們聽啊。」

沒有名字——不，他當然有名字——的男生表示贊同。

「嗯，我一直沒練琴。」

京介仍然舉棋不定。

「我也好想聽。」

「……那我就彈一下。」

京介終於點頭答應了。

「原來要等小海開口，你才會答應。」

我大吃一驚，看向英奈，她露出無敵的笑容。

「才、才不是這樣。」

京介的耳朵一下子紅了。

搞得連我都有點害羞起來……

京介深呼吸，把手放在琴鍵上，音樂教室內的氣氛就不一樣了。

他要彈奏的是他們班上要合唱的歌曲〈翱翔天際的飛馬〉，這首歌是合唱比賽經典中的經典，去年合唱比賽中，也有班級唱這首歌。

我明明之前就聽過這首歌，但聽到京介彈的第一個音，就忍不住被深深吸引。音樂一開始就節奏明快，反正就是很動聽，簡直就像看到飛馬在天空中自由翱翔！……京介聽到我這麼乏善可陳的感想，一定會很失望。

悅人的節奏一旦平靜，蓄勢待發，將進入後半部分的激昂。原本激情高昂的旋律漸漸帶著不安和恐懼，以前聽這首曲子時，從來沒有這麼緊張不安。一定是因為剛才和英奈一起去試了膽，目前寬敞的音樂教室內只有四個人，這些非比尋常的事，對我的心情起伏產生影響。

歌曲的後半部分就像一下子衝上通往天際的階梯，簡直精采無比。充滿熱情，充滿戲劇性，又好像帶著萬馬奔騰的緊張感……完全沉浸在高手親自彈奏的音樂聲中，熱情燃燒的彈奏和京介平時文靜的感覺完全不同。

或許他在打籃球時，也不曾這樣充分表現自我。京介使出渾身解數，似乎把合唱的伴奏這種事拋在腦後，彈奏出的每一個音符都在大聲疾呼：「我拒絕爛歌！」

最後，目送飛馬遠去，京介靜靜地放下彈琴的雙手。

「……好厲害。」

「真的超厲害。」

我和英奈互看著說道。

「我對音樂一竅不通，沒資格說大話，但我覺得你很厲害！京介，你真的很會彈鋼琴！」

我興奮地說，京介收起前一刻的激情，以一如往常的平靜笑容說：

「一般般啦。」

星期五上完第六節課後，到下週一之前，就可以暫時擺脫令人昏昏欲睡的上課生活了。雖然很想趕快走出教室，計畫如何過週末假期，但今天開始要練習合唱。

我們班對合唱比賽有點意興闌珊，沒有人提出要早上提早來學校練習，放學後的練習只是練一次應付一下就結束了。班導師似乎對這件事沒有太大興趣，並沒有數落我們。我很想趕快去籃球社，這樣正合我意。

我們班並不是有很多不良分子的放牛班，大家不是要參加社團活動，就是要去補習班，每個人都很忙。大家都覺得既然對合唱沒有興趣，就不需要勉強在這件事上努力。喜歡音樂和合唱的人聽到這種說法或許覺得有點刺耳，但是如果要求他們為了強制全校學生參加的海砂杯籃球爭霸賽，每天都要練習打籃球，他們也會有怨言，大家都差不多。

輕鬆結束合唱練習後，走去體育館，準備去籃球社練球。

最近籃球社成員的出席率比平時差，有些人所在的班級想要在合唱比賽中奪冠，很難不參加班上的練習。

果然沒有見到京介。

「聽說京介他們班對合唱比賽興致很高。」

「看到他們的班導師，就知道一定卯足全力。」

我和英奈在做暖身運動時聊著這些，覺得京介超可憐。

上個星期在音樂教室聽京介彈奏的鋼琴實在太印象深刻，我覺得如果他認真彈，其他同學的歌聲根本跟不上他的節奏。他在彈奏時當然不會追求自我表現，破壞整體的和諧，一定會最大限度配合班上的同學，讓他們的歌聲能夠充分表現，只是不知道這是不是京介想要追求的演奏。

「我覺得不應該強迫大家練合唱，我當然不會說完全不要練習，但畢竟和自願加入的社團活動不一樣。雖然明明大家配合，很快就可以練完，但那些根本不想練，一直拖拖拉拉耽誤大家時間的傢伙很討厭，只是要強迫別人配合過度的積極性多少有點那個。」

我完全同意英奈的想法。

「京介可能沒辦法在班上練習時溜走，更何況他還要負責伴奏。」

「他可以先和其他同學一起練一兩次，之後用錄音帶就好了啊。」

在練習合唱比賽期間，學校會向各個班級提供一台電子琴。我們班的同學都爭先恐後玩那台電子琴，配合Demo的自動彈奏，胡亂動著手指，假裝自己在彈鋼琴，但如果在認真練唱的班級做這種事，恐怕會遭到白眼。

在班上練完合唱的同學紛紛走進體育館，但可能沒練完就溜出來了。京介也在其中。

「你們班今天很早就練完合唱。」

練完籃球後，我對正在飲水處喝水的京介說。

他用掛在脖子上的毛巾擦擦嘴說：

「不，我今天沒有練習。」

「啊？你不是要伴奏嗎？」

「嗯，我最後還是決定不伴奏了。」

為什麼？也許我內心的疑問寫在臉上，我還沒有開口問，京介就說了理由。

「如果我在正式比賽之前，因為打籃球扭到手指，沒辦法彈鋼琴，不是會影響到全班嗎？幸好班上還有另一個同學會彈鋼琴，就請那個同學伴奏。」

「原來是這樣。」

很像是京介做出的判斷。但是……

「你都已經開始練了。」

任何人都可能遇到意想不到的事，並不是只有打籃球會發生意外。京介是不是想太多了？

「原本還希望可以再次聽你彈鋼琴，但這也沒辦法。」

「對不起。」

我沒想到他會向我道歉，有點不知所措。我覺得京介臉上似乎帶著一絲愁容。

「呃，你不需要道歉……」

京介沒有回答，快步走回體育館。

京介的態度很奇怪。

我回到家後，吃完晚餐，沒有寫功課就躺在床上，回想著和京介的對話。

上個星期，他放學後在音樂教室練習時，雖然他說還沒有最後決定要不要伴奏，但那時候應該有這樣的打算。既然班上還有其他人會彈鋼琴，一開始請對方伴奏就好。也許另一個會彈鋼琴的同學不想為合唱伴奏，京介看不下去，就自告奮勇擔任伴奏，只不過後來那個同學改變主意，於是他就決定讓賢……會不會是這樣？

「是不是有什麼狀況？」

要不要問問步的意見？

上次我們互留了電話。

【鳥飼步】

〔你覺得他為什麼不伴奏？〕**已讀**

〔妳打算把日常生活中遇到的奇怪問題，全都交給我推理嗎？〕

〔不，我並沒有這個意思。〕**已讀**

〔他擔心可能會扭傷手指，於是就退出伴奏。〕

〔這不是很合理嗎？根本沒有任何懸疑，岩瀨京介應該是老實人吧。〕

〔雖然沒錯……但我覺得他的態度有點奇怪，可能其中有什麼蹊蹺。〕**已讀**

〔關我什麼事。〕

〔你不要這麼冷漠。〕**已讀**

〔比起推理或是推論，我教妳一個方法，可以更簡單、更確實地得知真相。〕

〔快告訴我。〕**已讀**

〔去問當事人。〕

他傳了一個不知道是什麼動畫角色的貼圖，我也傳了去年流行的諧星貼圖，就這樣結束對話。

星期六，我看了之前錄下來的電影，時間很快就過去了。

隔天，我去學校參加籃球社的練習。京介當然也會來。雖然步要我問當事人，但如果我問他：「你為什麼不為合唱伴奏了？」他可能會不高興，而且會覺得我這個人很煩，事實上的確很煩。

京介不為班上的合唱伴奏。照理說，這件事就結束了，但可能是由於我覺得京介不再彈鋼琴太可惜，才會對這件事耿耿於懷。

星期五聊這件事時，感覺京介不太想聊伴奏的事，如果又重提這個話題，我實在太自私了。

「那不是跟京介同班的男生嗎？」

正在用拖把拖地的英奈眼尖看到了。我和英奈一起看向體育館門口，看到一個瘦巴巴的男生站在那裡。

「我好像在哪裡看過他。」

「妳當然看過他啊，他就是之前參加學生會會長選舉的候選人望月，妳不記得了？」

「嗯……」

雖然英奈這麼說，但我想不起來，只記得當時有兩名候選人。

「是選上的那個？還是沒選上的那個？」

「沒選上的那個。現在是學生會的……我忘了他在學生會當什麼幹部。」

以後應該也不會想起來。

「岩瀨，你可以過來一下嗎？」

那個男生說話很大聲，正在打掃的其他籃球社的人都停下了。

京介走向學生會的男生，說了幾句話之後，顧問老師加入他們聊了幾句，京介就拿起書包，提早離開。

「被男生叫出去，完全不覺得高興。」

總士拖地時，哼著歌說道，立刻挨了老師的罵。

「你給我認真點。」

「他又挨罵了。」

英奈很受不了地聳聳肩。

「我一年級的時候和望月同班，老實說，我不太喜歡他。他很自大，去年他就主動爭取當合唱比賽的指揮，今年應該又會擔任指揮吧。」

英奈的語氣似乎有點擔心京介。

「星期天特地來體育館找人，太奇怪了。」

既然他和京介同班，明天上學時自然會遇到。

那個男生當合唱比賽的指揮這件事，讓我有點在意。京介是不是和望月之間發生了什麼事，才決定不擔任伴奏？

京介若是遇到不開心的事，並不會告訴我們，如果問他怎麼了，他一定會說「沒事」。

雖然京介可能不喜歡向別人訴苦，但既然我們是朋友，很希望他可以和我們聊一聊。

「希望不會發生什麼奇怪的事……」

英奈的嘀咕一直盤旋在我的耳邊。

籃球社練球結束後，我和英奈、總士站在出入口聊天，看到京介的身影。

「喂，京介！你幹嘛去了？竟然提早離開。」

總士問他。

「該不會剛才在體育館後面和人打架？」

「我沒去體育館後面，更沒和人打架。同學說班導師在教室等我，我當然不能說不去。」

「喂喂喂，你闖了什麼禍嗎？」

「不是什麼重要的事，班導師要我擔任合唱比賽的伴奏。老師拜託好幾次，我都拒絕了。反正班上還有其他會彈鋼琴的人。」

「你答應就好了啊，你去年之前不是都有練琴，鋼琴彈得不錯嗎？」

京介才不是彈得不錯而已。我和英奈都親耳聽過他彈的鋼琴，我們太清楚了。

「這種事不是很麻煩嗎？只不過是校內比賽，每次都要練到很晚，我想打籃球。」

總士誇張地瞪大眼睛。

「妳們聽到了嗎？京介竟然說很麻煩，他竟然會說這種話！」

「因為和你說話很煩，所以他就用開玩笑的方式句點你。」

「太冷漠了，沒這回事，對吧？」

京介靜靜一笑。

但是，如果京介真心覺得麻煩，就不會在音樂教室練琴。

「也就是說已經談完了，對嗎？我們四個人要不要一起去麥當勞？」

「呃，這樣啊。」京介似乎稍微考慮了一下，「嗯，好啊，一起去啊。」

「好，那就這麼決定了。」

「等一下，你為什麼不問一下我和小海有沒有事？」

「對啊對啊，我和英奈也很忙啊。」

「妳們根本很閒吧？凹凸雙人組，等妳們交到男朋友之後，再來說已經有其他事了。」

「小海，妳有聽到他說的話了嗎？」

「總士，你想被凹凸雙人組海扁一頓，還是要請我們吃麥當勞？我們讓你選。」

在麥當勞時，我們像平時一樣，開心地天南地北瞎聊，沒有認真問京介伴奏的事，就各自回家了。反正明天在籃球社時還會遇到，有很多機會可以問他。

如果現在有什麼煩惱，希望可以告訴我……但是如果告訴我，我有辦法幫助他嗎？我很快就發現自己根本無能為力。

我心不在焉地想著這些事，坐在客廳看電視，不停地轉台。

「以牙還牙，以眼還眼，年金的錢，就要用祖父母領到的年金來繳納。」

『年金未付』出現在電視上。京介也很喜歡這兩個年輕的漫才搭檔，雖然這兩個人看起來都很廢，但尖銳地指出社會問題的獨特世界觀，讓他們迅速爆紅。

「要不要聯絡他看看？」

【岩瀨京介】

〔年金未付上電視了！〕

〔你有沒有看？〕

到了隔天早上，京介都沒有看我傳的訊息。

「真難得啊，平時他都很快回訊息。」

而且他也沒有參加籃球社的晨訓。

「是不是要下雪了？」

「總士，月底就會下雪，現在已經十月了。」

晨訓並非強制參加。雖然有些斯巴達式教育的學校嘴上說是自由參加，實際上卻強制所有人都要參加，但我們學校的籃球社是名副其實的自由參加。

英奈要參加針對報考入學門檻很高的學生舉行的早課，幾乎都不會來參加晨訓，總士有時候來，有時候不來，但京介從不缺席晨訓，據我所知，他從來沒有請過假，這份努力彌補了他中途才來參加籃球社的不利條件，穩坐開球手的寶座。

「會不會感冒了……」

他昨天沒有回我的訊息，可能是因為他生病睡著了。

「小海，如果他真的感冒，妳就去看看他，他一定超高興。」

雖然不知道京介會不會高興，但這個主意不錯。只不過……

「但我覺得他可能會想說不能把感冒傳染給我，反而會很擔心。」

搞不好會害他病得更重。

晨訓結束回到教室後，我和英奈聊到這件事，沒想到聽到意外的回答。

「我上完早課後走出教室時剛好遇到他，京介不是從不缺席晨訓嗎？我就問他怎麼了，他說早上睡過頭了。」

太陽真的要從西邊出來了。真的會有這種事嗎？

「他及時趕來參加早上的班會，不愧是好學生。總士之前不是曾經一覺睡到下午，然後到學校後就直接去社團練球嗎？」

先不管這件事，但我很想說：「怎麼可能有這種事？」實在太不合常理了。

「他還說了另一件令人有點在意的事，但因為我們只是站在走廊上聊幾句，來不及問他詳細的情況。」

英奈把身體靠過來，用周圍的人聽不到的聲音告訴我：

「上個星期五練合唱時，他和指揮望月吵架，現在似乎已經和好了。望月不是星期天去體育館嗎？八成是去向京介道歉。」

「京介竟然會和別人吵架……」

不合常理的事接連發生，我的腦筋一片混亂。

「這和他不想伴奏有關嗎？上次在音樂教室練習時，他看起來不是很有意願嗎？」

「嗯，這很難說，京介向來不會聊這種事。」

「上星期五，社團結束之後，我問了京介伴奏的事，他當時的態度也有點奇怪……

我說很希望再聽他彈一次鋼琴，沒想到他一臉嚴肅地向我道歉！我想一定是發生什麼讓他很受打擊的事，他有點六神無主。」

英奈滿臉錯愕地看著我。

「這哪裡值得妳大驚小怪？因為他無法回應妳的期待，這才向妳道歉啊。」

「不，沒這回事……」

「算了，先不說這些。要向知道京介和望月之間到底怎麼了的人打聽一下，否則就不知道究竟是怎麼一回事。如果妳真的很在意，可以問坂田。」

「坂田？」

「就是那天和京介一起在音樂教室的那個人啊，他叫坂田，和京介同班，是合唱社的社長。」

「妳認識他？」

「我們去年都是學生會的幹部。」

「妳的人面真廣。」

英奈升上二年級後，就不再擔任學生會的幹部，她說想專心參加社團，就辭去了學生會的工作。聽說她在學生會時很活躍，有些人還希望她能夠擔任下一屆的學生會會長，如果英奈參加今年的選舉，一定可以當選學生會長，至少全校所有男生都會把票投給她。因為她這麼可愛。

「那晚一點再聊，老師快來了。」

英奈說完，走回自己的座位。

最後我們決定當天就約坂田見面。坂田和我們一樣，都參加社團活動，時間很難湊在一起，於是決定今天社團活動結束之後，找一個地方邊喝咖啡邊聊。

雖然並不至於要聊很久，但他說「並不是站著三言兩語就可以說完」。我有點擔心會太晚回家，但只要說社團活動很晚才結束，應該不至於有太大問題，而且我經常因為和英奈聊天聊太久晚回家。

坂田說有一家很推薦的咖啡店，於是我們就在那裡見面。

咖啡店的咖啡不是都很貴嗎？我有點不安，感覺喝杯咖啡絕對會超過五百圓。

那家咖啡店位在學校附近一片不大的樹林角落。

那棟房子是店鋪兼住家，店門口貼了一張紙，上面寫著「一週年慶，所有餐點半價優惠，只限今日」。

「坂田一定知道這件事，才約我們來這裡見面。」

「小海，妳一個人不敢走進來吧？」

英奈一臉得意地調侃我。

「這種地方沒問題啊。」

一樓有一片大窗戶和玻璃門，和普通住家很不一樣。如果要推開像自己的家裡一樣的門，在脫鞋處也不脫鞋，就直接走進去，可能會感到很不自在，幸好這裡並不是這樣。

英奈打開門，響起噹啷噹啷的鈴聲。我跟著英奈走進咖啡店，吧檯內的親切姊姊對我們說：「歡迎光臨」，我微微向她鞠躬。

一進門，右側就是吧檯座位，面對窗戶的左側有幾張兩人和四人座的桌子，四人座已經有客人了。在深棕色的木地板上每走一步，地板發出擠壓的聲音聽起來很悅耳。

並非只有木地板為這家咖啡店營造出溫馨的氣氛，正對著門口的牆邊，放了一架木紋直立鋼琴。

「好美……」

英奈發出讚嘆。

「和經常看到的黑色鋼琴有不同的優點。」

「妳們兩個，我在這裡、我在這裡。」

聽到聲音，我們才發現坂田已經來了。和鋼琴相比，他太沒有存在感了，內心覺得有點對不起他。

我和英奈一起在坂田的對面坐下，他面前已經有一杯拿鐵。
「對不起，你等很久了嗎？」
英奈問。
「不，沒等很久。」
坂田回答後，拿起杯子開始喝。
親切姊姊拿了菜單過來，我思考著該點什麼。我平時很少有機會來這種地方，想好好挑選。
「我要今日咖啡。」
「英奈，妳怎麼這麼快就點好了！」
「妳慢慢挑，不必管我。」
「妳不吃蛋糕嗎？」
起司塔、經典巧克力蛋糕看起來都超好吃，而且最令人高興的是，今天都只要半價，就可以吃到。
「我要草莓蛋糕。」
「我要吃經典巧克力蛋糕，飲料的話——」
我們正在聊這些話，聽到鈴聲再次響起。可能又有客人進來。

「啊，真史。」

不久之前才聽過的熟悉聲音叫著我的名字。

我慌忙看向門口。

「步！」

「啊？是誰啊？」

英奈用有點緊張的聲音問我。

「可以說……兒時玩伴嗎？但我們中間有很多年沒見面了。」

「最近又重逢了嗎？」

「嗯，是啊。」

我們重逢的原因涉及敏感問題，因此我並沒有告訴英奈。

坂田興趣缺缺地喝著拿鐵。

沒想到步竟然大步走過來，他該不會……

他竟然在坂田旁邊坐下，前一刻對步興趣缺缺的坂田大吃一驚。我可以明顯感受到英奈渾身散發出警戒和嫌棄，所以我不敢看她。

「步，你為什麼要坐那裡？不是還有其他空位嗎？你可以去坐吧檯，也有兩人座位。」

「我不喜歡縮在小桌子旁吃東西，更討厭坐吧檯。當然，如果沒有其他選擇時，我也會無可奈何地忍受一下，至少我還有這點判斷能力。」

「這個人是怎麼回事？」

英奈用步也可以聽到的聲音問。

「怪胎……」

「這我也知道。」

雖然英奈這麼說，但除了怪胎以外，不知道還能怎麼形容他這個人。

「你怎麼會來這家店？宮之森離這裡很遠啊。」

「妳以為我是走路來的嗎？搭地鐵馬上就到了。今天所有的餐點都半價，就算花五百圓交通費，來這裡吃一趟絕對值回票價。」

這個男生打算一個人吃好幾塊蛋糕嗎？

「我跟你說，我們等一下要談很重要的事。」

「我不在意。」

但是我在意！

我再次發現，他真是一個聰明的傻瓜。無論如何都必須把他趕走……不，等一下。

「我說啊，你這個人太莫名其妙了——」

「英奈，等一下。」

我向英奈咬耳朵。

「他這個人的確很莫名其妙，但就讓他坐在這裡。」

「……為什麼？」

「他很聰明，也許聽了坂田說的情況之後，或許能夠發現什麼。」

英奈訝異地看著他。

他神氣地蹺起二郎腿。

「你們把我當石頭就好。」他說完這句話，接過親切姊姊遞給他的菜單。

「要點餐時再叫我。」親切姊姊說完，走回吧檯內。

「這家店——」

坂田開口說話時，已經恢復平靜。我開始覺得他也有點怪。

「這家店是岩瀨父母的朋友開的，因此，岩瀨受老闆的邀請，偶爾在這裡演奏，但並不是那種正式的演奏會，只是找會樂器的朋友來表演的輕鬆音樂會。

雖然岩瀨希望我不要把這件事說出去……啊，你們看。」

坂田指著鋼琴旁的牆壁，上面貼著一張『演奏會資訊』。

「鋼琴獨奏……竟然是岩瀨京介。」

我和英奈忍不住互看一眼。我們剛才只注意到鋼琴，並沒有發現這張演奏會海報。

「他在音樂教室練習，不光是為了合唱比賽的伴奏，同時是為了在這裡演奏。」

「他已經確定要在這裡演奏了嗎？」

「要不要去問看看？」

坂田站起身，去問吧檯內的那個姊姊。他走回來時告訴我們說：

「目前沒有聽說任何變動。」

我思考著。京介說，他擔心打籃球時可能扭到手指，造成班上同學的困擾，所以婉拒擔任合唱比賽的伴奏，但目前仍然打算在這家咖啡店演奏，店內的宣傳海報上也有他的名字。

我認為他說扭到手指的說法只是場面話。

我看向眼前的「石頭」，也就是步，他的眉毛似乎微微動了一下。

剛才點的蛋糕和咖啡都已送上，我喜歡吃有點硬、又有點苦味的經典巧克力蛋糕，如果冰得很徹底就更好，因此我太愛這家店的經典巧克力蛋糕了，而且上面放著薄荷葉也可以感受到店家的用心。這完全就是步上個月所說的「協調」。

「我第一次看到岩瀨那樣，簡直就像是變了一個人。」

坂田喝著第二杯拿鐵，開始說明到底發生什麼事。

「我認為岩瀨對音樂充滿非比尋常的熱情。妳們聽了他在音樂教室的演奏之後，是不是也有同感？」

✦

望月那傢伙求好心切。他沒有選上學生會會長，所以希望能夠有所表現。我認為他並不是為了爭取高中的推甄，只是自我滿足而已，簡直就像是沒有目標，只為了追求身分地位，那根本是有病。

上週五全班練習合唱時，由岩瀨伴奏。

——嗯，沒錯，岩瀨原本打算為合唱比賽伴奏。

剛開始練習時還很順利。我們班的同學都很努力，沒有人偷懶，也沒有人偷溜。只不過有一件事很殘酷，並不是只要努力，就不會造成大家的困擾。有一個同學，他……他真的五音不全，為了保護他的名聲，我就不說他的名字，稱他為X。

X唱得很大聲，因此很明顯，他周圍的人都受到影響，全都走調。X越努力，合唱就越混亂。

望月終於忍不住發脾氣，他氣勢洶洶地說：

「X！你在這裡只會礙事，回家去吧！」

有幾個同學雖然沒有說出口，但都認為望月說得沒錯。從音樂的角度來說，X的確帶來了負面影響，只不過話可以好好說，學校強制規定大家都必須參加這個比賽，X毫無怨言地努力練唱，卻這樣被罵，未免太沒道理了。

X嚇得不知所措，讓人看了於心不忍，全班都鴉雀無聲。

不管怎麼說，我是合唱社的，所以想反駁望月。

我還來不及開口，岩瀨就站起來。

「你怎麼可以對認真練習的人說這種話？」

「你認為這種馬虎的態度，對整個班級有幫助嗎？我們在爭取冠軍！」

「爭取冠軍？我第一次聽說這件事，這什麼時候變成全班的目標了？你向每個同學確認了嗎？不要把你個人的目標當成是全班的目標！」

「既然要參加經過評審之後，會公布優劣的比賽，爭取好名次不是理所當然的事嗎？這種事還需要逐一向每個同學確認嗎？」

「沒錯，既然要參加，就必須認真。

但是，只要稍微想一下就知道，學校舉辦合唱比賽的目的，並不是為了提升學生的音樂水準。只有唱得好的人引吭高歌，追求表面上聽起來很動聽的合唱，根本沒有意義，不值得肯定。

如果只是為了追求結果想要好好練習，去讀音樂高中或是音樂大學就好了啊！」

岩瀨太激動了。望月被人這樣嗆聲，當然不可能忍氣吞聲。

「我並沒有要求所有人都達到專業歌手的水準！但是，X的歌聲根本是在虐待大家的耳朵！根本不只是不太會唱歌而已，會徹底破壞整體的協調！」

「難道你維持協調的方法，就是排除唱不好的人嗎？如果是這樣，你現在也必須離開這間教室！因為你的指揮和樂譜差得太遠，根本爛透了！」

望月的臉漲得通紅，把指揮棒用力丟在地上，一把抓住岩瀨。他真是太傻了，岩瀨是運動員，就算打起來，也絕對是望月被打得落花流水。幸虧並沒有發生這種情況，因為老師走進了教室。

老師立刻把望月拉開，問清楚情況，然後狠狠罵了望月一頓。那也是理所當然的事，無論怎麼看，都是望月的錯。

望月當場交出指揮棒，向X和岩瀨，還有全班同學道歉。

岩瀨雖然接受道歉，但顯然沒有真的放下，可見他對望月的行為有多生氣。他說事情鬧得這麼大，自己有責任，沒資格再為合唱伴奏。不難理解，事情鬧到這種程度，他當然失去幹勁。

於是，這件事就算是落幕了。原本以為經過一個週末，班上的尷尬氣氛會隨著時間消失，沒想到我錯估形勢。

今天早上的班會課時，老師說：

「望月因為上個星期的事交出指揮棒，那就需要另外找一名同學擔任指揮，但目前距離合唱比賽只剩下不到一個月，再另外找人擔任指揮，從頭開始練習不是一件容易的事。

所以老師有一個提議，大家可不可以再給望月一次機會？

這個世界上，有些錯誤讓人絕對無法原諒，但是，老師認為這次的事不屬於這種情況，不過這只是老師的個人意見，如果有人反對望月擔任指揮請舉手，只要有一名同學反對，就請望月以外的同學擔任指揮。」

老師的態度讓我很失望，在這種氣氛下，怎麼可能會有人舉手？根本是已經有了讓望月擔任指揮的結論，才提出這個提議，讓人很想翻白眼。

課間休息時，我和岩瀨正在聊天。望月走了過來。

望月說，希望岩瀨可以擔任伴奏。他可能覺得自己又重拾指揮棒，岩瀨卻不擔任伴奏，心裡會不舒服。最重要的是，只要岩瀨答應伴奏，就可以向周圍人表示，他們已經徹底和好了。望月就是這種心機很重的人。

岩瀨完全沒有情緒化，客客氣氣地拒絕了。他說不必在意他，希望望月在合唱比賽中好好努力，自己會為望月加油。

望月沒有多說什麼就轉身離開了。

當時我以為整件事真的落幕了，以為岩瀨內心已經不再生氣，把週五的事拋在腦後了。

放學後，岩瀨問我關於音樂教室的事。他要在這裡舉辦演奏會，當然需要練習。

「還可以繼續使用音樂教室的鋼琴嗎？」

「嗯，你想在星期二練習，對嗎？我會問一下老師。」

「太好了。」

「太幸運了，籃球社和合唱社剛好在同一天休息。」

岩瀨已經恢復了平時的態度，於是我忍不住說：

「望月真是腦筋不清楚，竟然撲過來想打你。當時我真的嚇到了，如果你們打起來，不知道要怎麼勸架。」

沒想到岩瀨聽了之後，表情越來越凝重。

「我才不會做這種事，就算他動手打我，我也不會打他。我的手、我的手指很重要，是為了彈鋼琴和打籃球而存在，只不過……」

岩瀨用力握拳，指甲都掐進肉裡，我很擔心會被他掐出血。

「遲早會讓他得到教訓。」

老實說，我真的很害怕。那是和週五的激動完全不同的沉靜憤怒。

岩瀨是不是打算做什麼？妳們有沒有聽說什麼？

——這樣啊。嗯，岩瀨的確不太會和別人談這種事。

希望他不會一時衝動，做出什麼不理智的事。

我很擔心會發生這種事。

✦

終於知道京介拒絕伴奏的原因了。既然發生這種事，的確能夠理解他決定不伴奏的選擇。

只不過如此一來，又出現新的擔憂，京介是不是打算對望月做出什麼不理智的事？

「希望京介那傢伙不會亂來……」

英奈擔心地嘀咕著。

「是啊，不希望京介最後傷害到他自己。」

除了眼前的「石頭」以外，我們三個人之間的氣氛變得很凝重。

他的面前放著第二塊蛋糕洋梨塔，我問正準備拿起叉子開動的他。

「你有沒有發現什麼不對勁的事？」

「石頭不會說推論。」

「石頭也不會吃蛋糕。」

「那個叫岩瀨京介的人無論做什麼，我都無所謂。」

「步，你剛才說，你不喜歡擠在小桌子前吃東西吧？」

「對啊。」

「我也不喜歡面對大石頭吃東西。」

他聳聳肩說：

「我倒是沒發現。既然我討厭坐在小桌子旁吃東西，你不喜歡大石頭，那就必須找出雙方能夠妥協的方案。」

「只要你發表自己的推論，我可以忍受面對石頭吃蛋糕這件事。」

「真是拿妳沒辦法。」

沒想到他這麼乾脆答應了。

英奈仍然一臉無法信任他的表情。這也不能怪她。

「我不太瞭解學校舉辦的合唱比賽評分標準，指揮和伴奏的好壞，會影響對整體合唱的評分嗎？」

「不，完全不會。」

坂田回答。

「之前曾經聽合唱社的顧問老師說，指揮和伴奏的好壞並不會列入評分的範圍，因為這個活動並不是評鑑個人的技術好壞。」

「原來是這樣，所以只要有人充場面，無論誰擔任指揮或伴奏都無所謂嗎？」

「在練習的時候，指揮和伴奏必須帶領大家，但在正式比賽時，就無關緊要了。」

「指揮是這樣，但伴奏可不一樣。」

「什麼意思？」

英奈用比平時低沉的聲音問。

「指揮的表現不會對整體比賽造成影響，更何況大部分人根本就不懂要怎麼指揮。班上即使有一兩個五音不全的人，也不會造成致命的扣分。因為合唱比賽並非單純只是要求高水準的合唱。

但是，伴奏是唯一可以憑一己之力，破壞全班合唱的人，像是突然時快時慢，或是在伴奏時突然停頓，全班應該都會停下來。

雖說合唱比賽的音樂性並非一切，但還是會毀了得獎的機會。

「竟然會想到這麼陰險的方法。」

「個人感受是主觀的問題，我無意針對這個問題說三道四，所以只有伴奏的人有辦法在合唱比賽這盤棋上打敗愚蠢的指揮。」

「我認為京介不會有這種想法，雖然毀了合唱，指揮最沒面子，但是如果他毀了全班的合唱，其他同學會很遺憾，而且如果他故意彈得這麼爛，班上可能會有其他同學責怪他。」

「岩瀨的鋼琴彈得這麼好，應該不會故意彈得很爛。」

坂田也同意我的意見。

步用手指彈著咖啡杯的杯緣，發出叮的聲音。

「真史，妳今天的腦筋很靈光嘛。」

沒錯，剛才說的這種方法會嚴重損害自己的名譽，雖然這個世界上有不少人為了復仇會不顧一切，一心只想傷害對方。

但是，岩瀨京介放棄伴奏後，又拒絕可以再次為合唱伴奏的機會。

如果他是基於堅定的自信和決心，才會說出那句『遲早會讓他得到教訓』，代表他手上掌握比身為伴奏更厲害的王牌，可以置身事外，不會弄髒自己的手，也不會破壞合唱，狠狠報復對方。」

我漸漸感到毛骨悚然。

「京介到底想幹什麼？」

「我只是聽了他們吵架的原委，不可能知道這麼多，必須有更多線索。岩瀨京介的態度不是和之前不一樣嗎？」

週五晚上，我傳訊息給步時，的確曾經這麼告訴他。

「妳能不能詳細說明一下這件事？你們兩個人如果知道岩瀨京介有什麼不對勁的地方，也可以自由發言。」

他一副高高在上的態度看著我們，簡直以為自己站在高空的雲上，站在山頂，或是在大氣層外。

「小海，這傢伙幾歲？」

「和我們同年……」

一旦惹怒英奈，後果不堪設想，你最好收斂一點。我在內心警告步。

我簡單扼要地說明了京介從週五到今天的情況。

週五練球結束後，京介告訴我，他不會為合唱伴奏。

星期天練球時，指揮望月把京介叫出去，於是京介提早離開。他們去教室談這件事，班導師也在場。那天練完球後，我們四個人一起去麥當勞，聊了一個小時左右，雖然我很關心伴奏的事，但最後無法開口問他。回家之後，我傳了訊息給京介，但直到隔天早上，也就是今天早上，他都沒有已讀。

京介沒有來參加籃球社今天的晨訓，英奈上完早課之後遇到京介，她問京介怎麼沒有參加晨訓，京介說他不小心睡過頭了。

「他沒有看訊息，或是睡過頭沒有參加晨訓，是這麼不尋常的事嗎？」

他注視著洋梨塔問。不知道他是不是很愛吃洋梨塔，這已經是他的第三個洋梨塔了。

「京介是一絲不苟，很守規矩的人，我認識他這麼久，第一次遇到這種事。」

「這樣啊，搞不好和我是同一類型的人。」

「啊？」

「我一樣每天清晨五點四十五分起床，分毫不差，也不需要鬧鐘。」

「不一樣，不一樣。」

我故意重複兩次，否定他的話。如果只是因為早起，就和怪胎被歸在同一類，京介也太衰了。

早起這件事似乎不重要，他不發一語地捂著嘴，陷入沉思。

沉默片刻後，他問我：

「妳星期天晚上傳給他的訊息，他現在仍然沒有已讀嗎？」

「不，我在早上班會課前看了手機，發現他已讀了。」

步輕輕點點頭，將視線移向英奈。

「呃，妳是……」

「我姓栗山。」

「栗山，妳說上完早課走出教室時，遇到岩瀨京介。早課應該不是強制所有人都要參加吧？」

「對，報名參加的人在指定的教室上課。」

「妳上早課的教室，就是岩瀨京介他們班的教室嗎？」

「對啊……京介是二年B班。」

「原來是這樣，原來岩瀨京介為了拿回自己的手機，特地等在走廊上。他拿到手機之後，發現有真史傳的訊息通知，於是就看了，然後變成已讀。」

「呃，等一下。」

我難以理解。

「你的意思是，京介星期天的時候，把手機放在教室，忘了拿回家嗎？如果是這樣，的確可以說明他為什麼沒有馬上看到我傳給他的訊息，但是星期天不上課，我們都一直在體育館啊。」

「你們剛才不是說，岩瀨京介中途離開，和望月、還有班導師一起談事情嗎？」

「他在什麼狀況下當著老師的面拿出手機，然後忘了帶回家？」

「可能玩遊戲吧？」

「你給我認真回答。」

「我隨時都很認真，妳想一想手機到底有什麼功能。岩瀨京介是特地把手機留在教室內。」

「會不會只是週五忘了帶回家？」

坂田問他。

「他星期天不是有去學校嗎？為什麼要等到週一才拿？平時很快就回訊息的人，可能連續兩天都不用手機嗎？」

他說話越來越激動，是不是對這件事產生了興趣？

「如果你這麼說，星期天放在教室不是也一樣嗎？從星期天傍晚到隔天早上，不是也有很長時間嗎？」

我在日常生活中雖然不至於手機不離身，但無法想像有將近半天的時間沒有手機的生活。

「他當然想在當天把手機拿回來。

但是，他在校內打發時間時，剛好遇到真史他們，邀請他一起去麥當勞，他無法拒絕。」

「根本不需要拒絕，他只要說要回教室拿東西，讓我們等他一下不就解決了嗎？」

雖然像你這種人際關係差的人，可能無法瞭解這種事。英奈的話中似乎有這個意思。

「萬一你們問他把什麼東西忘在教室怎麼辦？如果他老實回答說，把手機忘在教室，你們不是會起疑心嗎？

即使他謊稱把運動外套忘在體育館，或是說他想去上廁所，然後跑回教室，如果教室有人，他還是沒辦法拿到手機。

既然這樣，還不如乾脆把手機留在教室，和你們一起去麥當勞，避免你們問東問西。

只不過岩瀨京介沒有想到他沒有看訊息，沒有參加籃球社的晨訓，結果反而讓你們更加懷疑，這真的就是老實反被老實誤。」

英奈和坂田似乎想到了什麼，凝重地低下頭。

但是我仍然聽不懂他想要表達的意思。

「為什麼教室有人，他就不能去拿手機？你到底想說什麼？」

「岩瀨京介用手機錄下了望月和老師的談話。」

這不就是所謂的竊聽？京介竟然做這種事……

他不理會我的不知所措，繼續說下去。

「首先，望月在星期天去體育館找他，這件事本身不是就很奇怪嗎？星期五吵架的事，不是在指揮道歉和辭去合唱的指揮後就解決了嗎？根本不需要星期天特地再向岩瀨京介道歉，如果希望岩瀨京介繼續為合唱伴奏，星期一之後再說還不遲。因為班上不會有人對他重新擔任伴奏有意見。

由此可見，望月有什麼必須在沒有其他同學看到的情況下，緊急解決的事。那就是該由誰擔任指揮。

既然望月不再擔任指揮，就必須趕快找其他同學，讓新的指揮開始練習。會彈鋼琴的人才能為合唱伴奏，但擔任指揮不需要經驗。就算曾經有經驗，也不過是在一年前的合唱比賽擔任過指揮而已。坂田，你在合唱社擔任過指揮嗎？」

「雖然有過，但並沒有很多機會，如果突然接下指揮工作，壓力會很大。」

「如果突然接下指揮棒，會對新的指揮造成很大的壓力。望月就是用這番說詞說服了班導師，讓班導師成為他的共犯。

他因為自己的失言，造成其他同學承受不必要的壓力，事後又覺得還是想當指揮，你們認為班上的同學會答應嗎？若是請老師強行下令，無法消除其他同學的不滿，很可能會導致事情鬧得更大。

望月必須在星期一早上，新的指揮人選出爐之前拿回指揮棒。為了避免在最後的機會節外生枝，他希望事先和星期五情緒很激動的岩瀨京介談妥。」

該怎麼說，真是太莫名其妙了。

「無聊。」

我忍不住嘀咕。

「是啊，簡直愚蠢透頂。」

他去體育館叫岩瀨京介時，岩瀨應該就猜到他的如意算盤。望月真正的目的並不是為了向岩瀨道歉，也不是希望岩瀨回去伴奏，而是在為自己重新成為指揮打點關係。

望月和班導師都在教室，望月的家長可能也在場，他們說不定在岩瀨京介去教室之前就已經在那裡了。因為學生一個人不可能推翻老師一度做出的正確判斷。

岩瀨京介打開手機上的錄音軟體，偷偷放進課桌。完成這件事之後，他只要找藉口趕快離開教室就搞定了。畢竟望月和班導師當然不可能讓岩瀨京介知道，他們之間有暗盤交易。岩瀨京介聽了望月言不由衷的道歉，即使望月問，是否同意他重新擔任指揮，岩瀨京介也表現出一副對這件事沒有興趣，敬請自便的態度走出教室。

岩瀨京介猜想當他走出教室後，望月和其他人就鬆了一口氣，說出可以證明他們有暗盤交易的話。

隔了週末後的今天，岩瀨京介拿回手機，聽了錄到的談話內容，發現果然錄到那些笨蛋的惡行。岩瀨京介的憤怒和認為可以制裁望月他們的自信根源，就來自於他錄到的談話內容。

……我想，應該就是這樣。」

我認為他的推論聽起來很合理。

英奈和坂田似乎也同意他的推論，並沒有反駁他。

步可能說完想說的話，心情舒暢，情緒漸漸平靜下來，然後靜靜地舉起手，請剛才的姊姊過來，又點了洋梨塔。再怎麼喜歡，實在是吃太多了。

「不知道京介打算怎麼處理那些錄音內容……」

他默默把洋梨塔送進嘴裡。雖然我是在問他這個問題，但他可能以為我在自言自語。

「那個好吃嗎？」

「嗯，好吃啊。」

哇，他竟然有反應。上次我問他草莓蛋糕的感想時，他沒有回答。

「甜度適中的蓬鬆卡士達醬，襯托著優美的香氣搭配高雅的甜味，口感滋潤飽滿的洋梨……每咬一口鬆脆的塔皮，就忍不住陷入陶醉。」

他的感想充滿熱忱，讓我有點想吃洋梨塔。只不過雖然今天只要半價，但我不可能像他那樣沒節制地狂吃不已，而且回家就要吃晚餐，再吃一塊蛋糕……

「我們一人一半？」

英奈看著我提議。

「英奈，妳太厲害了，根本就是名偵探！」

「誰叫妳一臉很想吃的樣子。」

「妳問岩瀨京介打算如何處理錄到的內容嗎？但是……」

步突然提起我剛才問的問題。他這個人真的太難搞了……從來沒遇過這麼情緒不穩定的人。

「這我就不太清楚了，如果妳想知道，就去問當事人啊。我上次就說了，靠推論無法洞悉所有的事。」

「真希望京介有找我們商量……」

英奈幽幽地說。

「現在找我們商量也不遲，京介沒必要獨自煩惱。」

「岩瀨京介的——」

步難得說話吞吞吐吐。

「岩瀨京介的行為雖然有正當理由，但在旁人眼中，會覺得他很有心機。我猜想他不希望你們看到他這一面。

這只是我的感覺而已，並沒有什麼實際根據。」

隔了兩天，京介像往常一樣，參加籃球社的晨訓。

「京介。」

雖然有點膽怯，但我還是無法不向他問清楚。於是在練習結束後，下定決心叫住京介。

「那個……」

雖然叫住他，但不知道該怎麼開口。

「如果你有什麼不滿或是煩惱，我隨時可以聽你說。如果你不想對我說，也可以找英奈或是總士聊一聊。」

「為什麼突然說這種話？」京介有點不知所措，「但是謝謝妳。」

「你真的要說出來喔！」

我不希望他一個人悶著頭做危險的事。

「……小海，沒想到妳這麼敏銳。」

「不，沒這回事。」

敏銳的並不是我。

「我的態度的確有點奇怪。

老實說，我最近遇到超生氣的事。完全沒想到自己竟然會這麼生氣，連我自己都有點嚇到，整天都想著要好好教訓那個傢伙，而且很幸運的是，我也想到了可以教訓他的方法，甚至不惜玉石俱焚。」

他把手放進口袋。

「但我決定打消這個念頭。

在前一刻之前，我還覺得自己根本無足輕重，但是，這種想法很對不起關心我的人。」

他拿出手機操作起來。

「我可以問你一個問題嗎？」

「什麼問題？」

「你為什麼不伴奏了？」

京介沒有馬上回答，似乎在仔細咀嚼這個問題。

「學音樂很花錢，我上次不是說，我妹妹想要成為職業鋼琴師嗎？我在去年之前都很認真練鋼琴，但最後決定放棄。畢竟我沒有才華，如果繼續練下去，會影響我妹妹。無論時間還是金錢，都必須讓有才華的人優先使用。我這麼告訴自己。

我沒有感到不捨，從去年開始練的籃球超有趣，而且交到了好朋友。

雖然沒有不捨，但我似乎仍然有熱情。

為什麼我不為合唱比賽伴奏？因為……」

京介緩緩吐氣。

「因為我們班級追求的並不是音樂。」

第三章　生日

教室內，老師沒有起伏的說話聲音，柴油暖燈不時發出喀喀的聲音交織在一起，令人昏昏欲睡。

進入十一月後，就少不了圍巾和手套護身。我打算今年冬天學單板滑雪，希望山上下很多雪，但如果可以，又希望平地不要積一毫米的雪。

白天的時間本來就已經縮短，但一大早就看到沉重的烏雲遮住陽光，心情就格外沮喪。我努力回想為什麼北半球和南半球的季節相反，意識漸漸模糊，當我回過神時，發現已經下課了。

「這個星期六一起去玩！」

田口總士在麥當勞吃薯條時，用熱切的語氣提議。就算是這種天氣，他還是這麼有興致，真有點羨慕他。

「嗯，沒問題啊。」

英奈滑著手機，隨口回答道，總士似乎感到不滿。

「喂，你們是不是忘了什麼重要的事？」

「小海，妳知道是什麼事嗎？」

「不知道。」

「妳們真是太沒良心了。京介，你應該知道吧？」

「是職棒日本聯盟要開打了嗎？」

「根本扯不上關係！這和我們四個人要去哪裡完全沒有關係！」

京介笑了起來。他用這種方式開玩笑。

總士清清嗓子，似乎打算用另一種方式開口。

「我上個星期生日，現在滿十四歲了。」

聽到他這麼說，我想起來了。沒錯，他上週生日。

「咦？你不是下個月才生日嗎？」

「妳是從哪裡聽來的錯誤資訊，可不可以更關心我一點！」

「你之前不是說，你的生日離聖誕節很近，所以每年都只能收到一個禮物。」

「英奈，那應該是木村學長的生日。」

京介冷靜地說。

「你們會不會太過分了？虧我之前都為你們慶生。」

英奈似乎並不是在開玩笑，而是真的記錯。關於總士的事，應該都被她儲存在「其他」的檔案夾，就和其他人的事混在一起了。

我、英奈和京介的生日剛好都集中在五月黃金週，於是那天就乾脆邀總士一起慶生，四個人一起去看電影。可惜那天很多人看電影，結果我們的座位都離得很遠，但相互交換了小禮物，玩得很開心。

「總士，對不起，明年我會記得。」

「明年這個時候會忙著考高中，根本沒時間慶生，所以今年要舉辦田口總士生日節。」

「哪是什麼節日啊！」

總士不理會英奈的吐槽，繼續說道：

「我想去海邊！」

「什麼？去海邊？」

他說要去海邊，問題是現在根本不是去海水浴場的季節。

「你想去衝浪嗎？」

如果他要衝浪，那就一個人去，我才不想衝浪。

「不是不是，我要去看海。」

「就只是看海嗎？」

「嗯，對啊。」

「有什麼好玩？」

「我說啊，」總士誇張地搖著頭，「夏天擠滿人的大海根本不是大海，而是人海。目前這個季節，海邊幾乎沒有人，才能夠好好看海。」

「聽不懂你在說什麼。」

英奈嘆著氣。

「反正我們要去海邊！」

因為我們都住得很近，於是那週的週六，我們約在JR發寒車站集合。那天很不巧地下起了雨，再加上吹著令人預感到冬天腳步的冷風，惡劣的天氣根本不適合出遊。

「這種日子出遊，一定比晴天更能夠留下深刻印象。」

第一個抵達集合地點的京介一看到我們就這麼說。

「總士，你的人品太差了。」

「上次我們生日時，天氣超級好。」

我和英奈調侃總士。

「這種天氣才好！」

總士很有自信地說。

完全搞不懂總士對大海的熱情是怎麼回事，現在還可以改變主意，搭往札幌車站方向的電車，去鬧區玩樂慶生，但既然壽星本人這麼堅持，其他人當然不好意思說「還是不要去海邊比較好」。

我們按照原定計畫，搭上小樽方向的電車準備去看海。

電車從札幌市前往西北方向的石狩灣，其實只要搭不到二十分鐘的電車，在錢函車站下車，就可以走去海邊，但壽星任性地說：「為我慶生這麼重要的活動，才不要去這麼近的地方。」於是我們只好過站不下車。

電車經過錢函車站後，沿著石狩灣行駛了一段路。鐵軌和大海之間只相隔一小片陸地，隔著行進方向右側的車窗，看到那片浩瀚的大海，覺得根本不需要再去看海了。

雖然眼前一片海景，但並不是旅遊簡介上常見的那種藍天碧海景色，而是一片北方的大海日本海，受到來自西北方向的季風影響，灰色的滔天海浪劇烈起伏。

四十分鐘左右就抵達小樽，我們換上往長萬部方向的列車繼續西行。這條路線每個小時只有一班車，如果沒有趕上就慘了，但其實在小樽玩就很不錯了。我很想去北一硝子參觀玻璃工藝品，而且搞不懂我們為什麼要在不是玩海的季節，而且是這種惡劣的天氣去海邊。

我們的目的地是余市。

我問總士，為什麼要去余市？他回答說：「我看過地圖，覺得那裡很不錯。」他似乎完全沒有事先做功課，不知道那裡是太空人毛利衛的故鄉，也不知道Nikka威士忌的余市蒸餾所就在那裡，英奈對總士說了三次：「只有今年會陪你來這種地方，沒有第二次。」

轉搭只有兩節車廂的電車二十多分鐘，從發寒出發整整一個多小時後，我們才終於抵達了余市車站。

余市的天空和札幌一樣，烏雲籠罩整個天空。我們各自打開雨傘，走出車站。

「小海，我剛才就想說，哪有女生拿這種好像大叔用的雨傘？」

「那不是我的雨傘！我只是隨手拿了家裡的傘，上次我不小心把心愛的雨傘弄丟了……」

我滿臉怨氣地抬頭看著那把舊舊的藍色折傘，英奈撐著一把檸檬黃的漂亮雨傘，更顯得我的雨傘很寒酸。

對別人的雨傘挑三揀四的總士拿著一把漂亮的水藍色折傘。他平時經常耍白痴，一不小心就會忘記他很受女生歡迎這件事，就連隨身帶的雨傘都很有型。他並不光是憑著個子高、長相有點好看才有異性緣。

而京介的深綠色雨傘有成熟的味道，我越來越後悔自己隨便抓了一把雨傘就出門。

我們經過車站前的小型計程車招呼站，經過斑馬線，看到余市觀光協會。我覺得可以去聽一下余市的觀光導覽，但走在前面的總士頭也不回地走過去，來到前方的十字路口。

「大海在哪裡？」

我問總士，他看著手機說：「直走。」於是我們要過馬路繼續往前走。

「我問你，看到大海之後有什麼計畫？馬上就回家嗎？」

英奈問，她說話時吐出白色的氣。這種寒冷的感覺不像是秋末，更像是初冬。

「嗯，怎麼辦呢？既然來了，就這樣回去好像太那個了。」

聽了腦袋空空的總士的回答，英奈和我互看一眼。

「你做事這麼沒計畫，和女朋友約會時都怎麼安排？該不會每次都丟給你女朋友安排？」

「白痴喔！我和女朋友約會，當然要事先調查、調查再調查啊，只有和你們在一起時不必費心想計畫。」

不，真希望他可以更重視我們，就不會在這種惡劣的天氣，帶我們到這種連他自己也不熟悉的地方看海。

過了馬路後直走一段路，看到一棟紅色三角形屋頂的石牆建築。那裡就是余市蒸餾所。經過余市蒸餾所後繼續往前走，看到了「道路休息站　太空蘋果余市」的招牌。

「原來是太空紀念館，真想去看看……」

京介嘀咕著。

「晚一點再去。」

總士繼續大步往前走。剛滿十四歲的他，腦袋應該都浸滿海水。

走了二十分鐘，終於來到「濱中莫伊雷海水浴場」。令人高興的是，我們走到半路時，雨就停了。原本以為即使來到海邊，除了我們以外，不會有其他人，沒想到有兩個和我們年紀相仿的女生在海灘聊天，還有兩個大叔在散步。

既然是海水浴場，夏天應該風平浪靜，眼前是一片海浪劇烈翻騰的灰色大海，但不至於波濤洶湧，讓人不敢靠近，打向岸邊後又退回大海的海浪令人百看不厭。

「好震撼。」

「對不對？京介，我就知道你會懂！」

兩個男生沿著石階走去沙灘。

「不知道沙子會不會跑進鞋子？」

「沙子都被雨水打濕了，不必擔心，從這點來說，應該慶幸今天下雨。」

英奈說著，邁開步伐走到沙灘上。我跟在她身後。踩著被雨水打濕的沙子上，腳有點沉下去。

「海浪超猛，簡直就像有人在用力搖水桶——」

我的聲音被海浪聲淹沒了。

巨大的海浪打在消波塊上。

「好壯觀！」

並不是只有總士感到興奮，無論英奈、我，還是京介，看到海浪撲向消波塊後粉身碎骨，都倒吸了一口氣。

「簡直就像《小拳王2》片頭曲的歌詞……」

總司沉浸在陶醉中。

「是嗎？我只看過漫畫。」

京介問。

「你要看動畫啦，真心不騙！」

總士回答時充滿熱忱。

我連漫畫都沒看過。學校的圖書室為什麼不把這部漫畫放在《怪醫黑傑克》旁邊？

「英奈，妳看過《小拳王》嗎？」

「沒有，但我爸爸很愛。」

難道這部作品中有某些讓男兒熱血沸騰的要素嗎？

海浪不斷呈現出各種姿態，變化萬千，每一個瞬間都不一樣。來這裡之前，我完全不知道大海可以如此百看不厭。如果不是在沒什麼人的海岸靜靜地欣賞，就無法用這種方式享受大海的變化多端。打向海岸的海浪滲入海灘，留下許多小泡沫後再度離去。

「我們去走走。」

總士沿著海岸，在潮濕的沙灘上邁步。我們跟在他的身後。

我拍拍英奈的肩膀，稍微彎下身體和她咬耳朵。

「我好像稍微明白這麼多女生喜歡總士的原因了。」

英奈點點頭，稍微踮起腳，把嘴唇湊到我的耳朵旁說：

「是啊，雖然我敬謝不敏。」

海鷗飛過看起來很沉重的灰濛濛天空。

我們都餓了，於是尋找附近有沒有便利商店，京介發現了一家西光超市。我們去超市買了食物後，啃著麵包，再次眺望著大海。雖然我們平時經常吵吵鬧鬧，但擁有能夠不知厭倦地眺望這片景色的相似感性，才會經常玩在一起。

吃完麵包，我們又在海邊逗留了兩個小時左右。

「冷死我了……我們為什麼要在這裡坐這麼久？」

我忍不住發著牢騷。當天空再度飄雨時，我們才終於回過神。

「雖然偶爾會有人在海邊散步，但沒有人像我們一樣，完全沒有任何目的，在海邊坐這麼久。」

英奈說。她拿著雨傘的手都冷得微微發抖。真可憐。

我們在海邊逗留太久。雖然差點忘了，但我們還沒有把生日禮物給總士。大老遠跑來余市，結果卻回到札幌市才送生日禮物給他，未免太說不過去。

所剩時間不多，壽星提議要去車站附近的余市蒸餾所，我們三個人毫無異議地同意了。由於實在太冷，只要能夠進入室內，無論去哪裡都沒關係。

我們沿著原路折返，走進離車站不遠的余市蒸餾所。令人高興的是，不需要買門票就可以免費入場。來余市的車資花了不少錢，真是省了一筆。余市蒸餾所內有可以免費試喝威士忌的地方，聽說還有軟性飲料，即便我們未成年，也可以在等回程的電車時，在這裡打發時間。

我們一路參觀了把煤炭加入鈴鐺形狀的蒸餾用爐子，還有Nikka威士忌的創辦人竹鶴政孝和他的妻子麗妲共同生活的竹鶴舊宅，走到位在最深處的Nikka會館。試喝會場就在會館的二樓。

由於是週六，因此雖然天氣惡劣，但仍有很多人來參觀。會場內很寬敞，準備了很多椅子，可以在這裡好好休息。

我們拿著免費供應的飲料，和從自動販賣機買的綜合堅果，在長方形餐桌的角落坐下。

「好暖和。」

「真的，不想再走出去了。」

我和英奈吃著堅果聊著天，總士顯得有點坐立難安。

「你怎麼了？」

我問他。

「妳還問我怎麼了……不是應該有些什麼嗎？」

「他一定想去廁所，我們不要打擾他。」

「英奈，妳是故意的吧！」

英奈顯然故意裝糊塗，總士鬧著彆扭。

「總士，生日快樂。」

京介竟然馬上從包包中拿出禮物，太令人失望了。

他太乾脆了，我很想再逗總士一下。

「喔喔！京介，太感謝了！」

「這是我們三個人合送的禮物。」

「小海，我當然知道，也謝謝你們。」

總士撕下包裝紙上的貼紙。我知道他平時的個性，因此看到他這麼小心翼翼，不禁有點意外。

「總士，你都這麼小心翼翼拆下包裝紙嗎？」

我問。

「對啊，我認為收到禮物時的情景，也是禮物的一部分。如果幾年之後，看到包裝紙就想起那天我們一起來看海。雖然我們都不能喝酒，但還是來到威士忌試喝會場，吃著堅果，大家幫我慶生，一定是美好的回憶。」

「總士，」英奈認真地說，「從你說要去海邊時，我就在想，你這個人很浪漫。」

「不行嗎？」

「沒有說不行啊。」

平時在學校時，就算偶爾一起去玩，也都只是在附近或是札幌車站周圍而已，像這樣來到有點遠的地方，發現朋友新的一面很有意思。

總士撕下完整的包裝紙後，把裡面的東西拿了出來。那是一本手帳。

「喔喔，雖然我以前從來沒用過，但看到小海和英奈都在用，一直覺得好像很不錯。」

總士打量著手帳，英奈對他說：

「明年就要考高中了，希望你好好使用，你不是最該好好用功讀書嗎？」

「妳很煩喔！」

這句話有點刺耳。英奈和京介應該沒問題，但如果我不好好用功，情況就很不妙。

「但是我很感動，我們還是來拍一張照片好了。」

總士從包包裡拿出手機，京介發現一件事。

「你換了手機殼？」

我轉頭一看，原來是漂亮的橘色書本型皮革手機殼。

「喔，被你發現了。」

總士用比平時更高亢的聲音問。

「這是我女朋友上週送我的禮物。」

總士以愛惜的眼神注視著。

「小奏品味很好，都會記得我說的話。我只是在三個月前在聊天時提到，想買一個新的手機殼。」

「會不會是你的手機殼太破，她實在看不下去了？」

英奈吃著核桃調侃，但總士不以為意，繼續曬恩愛。

「我上個星期六也和她約會，當然不是這種亂走亂逛的小旅行，我們一起去看電影。

我很想看兩年前上映的好萊塢電影的續集，但她說沒看過上一集，所以我原本打算下次再看。

於是我提議，去看她想看的電影，但小奏說是為我慶生，還是去看我想看的電影，而且她還事先特地租了上一集的電影預習。我超開心的，但她這麼貼心，我反而有點不好意思。」

十四歲的我說這種話有點奇怪，但我覺得總士的女朋友似乎是時下難得一見的傳統女生。雖說是男朋友生日，但並不需要配合到這種程度……但話說回來，我們不也是為了尊重壽星的意願，大老遠地跑來余市嗎？

也許他的女朋友和我們都只是敵不過總司的熱忱和強勢。

「小奏生日的時候——」

在等電車期間，總士一直在說他和女朋友的事。

我們離開試喝會場時，天空飄著小雨。

隔天一大早就飄著雪。雖然才十一月，但氣象預報說，寒冬等級的寒流籠罩著整個北海道，感覺就像跳過聖誕節，直接進入歲末年初了。原本以為今年會提早積雪，但聽說下週之後，就會恢復和往年相同的氣溫。

下雪的一週結束後，氣溫稍有回升，但完全不是秋高氣爽的好天氣，天空整天都陰沉沉。

從週一到週五都持續下著冰冷的雨，上週積的雪全都融化了。

「啊，真討厭……」

英奈看著體育館外的雨，不滿地說。

雖然籃球社的活動不太受天氣影響，但是連續下雨的日子，即使在室內，心情也很鬱悶。晚上躺在自己的床上聽著雨聲感覺很療癒，但想到放學後要在雨中走路回家，就有一種無處宣洩的怒氣。

「快放晴！」

「妳在對誰說這句話？」

我自己也不知道。

練習結束後，我和英奈聊著明天想做的事，來到門口。週末回家的腳步總是格外輕盈。

「好像有人在那裡。」

英奈說話的同時，我也發現了。

一個長頭髮的女生，背對著我們，站在屋簷下。

「她在躲雨嗎？」

「今天不是從早上就開始下雨？」

那倒是。不可能有人出門時不帶雨傘。

「可能在等人。」

我們很快就失去興趣，換好鞋子，打開門。當我們打開雨傘準備走出去時，那個長頭髮的女生問我們：

「請問妳們是籃球社的嗎？」

我們同時看向那個女生。

「呃，妳怎麼——」

我說話的聲音分了岔。她怎麼知道我們是籃球社的？

「小海。」

英奈指了指我掛在肩上的漆皮包包，在校名後面繡了『籃球社』三個字。

站在屋簷下的女生漂亮得會讓人忍不住倒吸一口氣。她的睫毛很長，栗色的眼眸帶著透明感，有一種成熟的味道。她的一頭長髮比我更長，個子比英奈稍微高一點，

「請問總士——不，請問田口還在學校嗎？」

「應該還在，如果妳有事找他，要不要幫妳叫他？」

英奈回答。

「呃，不，嗯……」

那個女生有點手足無措。

「啊，那個，我叫有原奏。」

「……我叫海砂真史。」

「我叫栗山英奈。」

為什麼變成了自我介紹時間……我這麼想著，突然想起之前曾經聽過這個名字。

「妳該不會是總——田口的女朋友？」

「……是的。」

英奈顧慮到對方的心情，改用總士的姓氏問她，有原害羞地回答。

「總士有時候會聊到妳們，你們的關係似乎很好。」

我不知道該怎麼回答，如果回答說「我們和總士關係很好！」會不會引起麻煩？但我們兩個星期前才一起去余市玩，總不能說「其實也沒那麼好」。

「嗯，應該算關係不錯吧。」

我徵求英奈的同意。

「是啊，還有京介，我們四個人偶爾會一起玩。」

有原站在原地，似乎有什麼話想說。

我們覺得氣氛很尷尬，只能站在原地大眼瞪小眼。

英奈最先採取行動。她拍拍我的背說：

「我們走吧。」

有原聽到英奈這麼說，漂亮的臉皺起眉頭。

「啊？」

我們忍不住愣在原地。

有原的淚水在眼眶中打轉，然後滑落。

「呃，妳還好嗎？」

我情不自禁問她。

有原擦擦淚水，紅著眼眶看著我們問：

「請問總士最近……有沒有什麼和之前不一樣的地方？」

我想了一下，並沒有想到任何與之前不一樣的地方。

「呃，據我所知，好像沒有。英奈，妳覺得呢？」

「我覺得他和之前一樣，和以前一樣白——」

英奈差一點脫口而出。當然不能在淚眼汪汪的女生面前說她的男朋友是白痴。

「這樣……啊。」

有原垂頭喪氣。

「總士……最近都不和我見面。」

「最近是指什麼時候？」

「就是這一個星期。」

一個星期不見面，需要這麼沮喪嗎？

「我們原本說好星期天和星期二要見面，但他臨時取消了……」

籃球社週日練球只到下午四點，每週二休息，這個週二也休息。總士是不是有其他事？

之前就聽總士說，有原是其他學校的學生，從她穿的不是我們學校的制服，也可以一眼看出來。聽說她是練習賽時，對方球隊的經理，不知道總士用了什麼手段？先不管這件事，有原也得參加社團活動，他們應該很難安排約會的時間。

「以前從來沒有發生過這種事，我問他是不是發生了什麼事，他只是顧左右而言他……我在想，他是不是有什麼煩惱……」

嗯，以總士的個性，如果他意圖隱瞞內心的煩惱，像往常一樣打籃球，我們應該會發現哪裡不對勁。難道他提出要求看海，邀我們一起去余市，是有什麼更深入的理由？

「我認為應該沒有什麼讓妳擔心的事，他真的和平時一樣。」

英奈說得沒錯。總士這個人，只要稍微感冒，就會誇張地表現得很不舒服的樣子，如果出了什麼事，他一定會說出來。

「可能除了我以外，還有其他喜歡的人……」

「不，這不可能。」

我和英奈幾乎異口同聲地說。

總士基本上就是那種會把內心的想法寫在臉上的人，我們和他同班，參加相同的社團，從他的言行舉止完全看不出有這種情況。雖然我說的話可能不足以讓人相信，但既然英奈也說「不可能」，就絕對不可能。

更何況他之前那麼得意地炫耀女朋友送他的手機殼，如果他還喜歡其他女生，那他就是所有女生的敵人，總有一天會死於非命。

有一句諺語叫做「一日不見，如隔三秋」，有原是不是深有同感？總士竟然讓這麼漂亮的女生產生這種不必要的擔心，真是罪大惡極。

我正在想這些事，聽到開門的聲音。

「啊，小奏！」

有原回頭看過去。

「總士。」

「妳怎麼會來學校？妳一直在這裡等嗎？」

「王子終於出現了，真是來得正是時候。」

英奈語帶嘲諷地說，我忍不住笑了。

「妳們怎麼也在這裡？」

王子看向我們。

「總士，你還好嗎？我知道不打一聲招呼就來學校，你會感到很困擾……但我還是很擔心……」

「有什麼好擔心的？我沒事啊，只是我的寵物之前有點狀況。」

「啊？該不會……」

我和有原一樣，產生不祥的預感。我之前聽說總士家有養貓，該不會是——

「不，只是有點小感冒，現在沒事了。」

有原鬆了一口氣。

「這樣啊。那……你明天籃球社要練球嗎？」

「不，不用。」

「那明天可以見面嗎？」

「當然啊。」

有原頓時心花怒放，我看了都有點不好意思。

「我們走吧。」

英奈小聲嘀咕。

「嗯。」

我們意外成為電燈泡，隨即轉身走向校門的方向。

「啊，天上有星星。」

走回家的路上，英奈指著天空說。

「真的欸，希望明天也是晴天。」

我們明天要去逛街。雖然是去札幌市中心，不過在地下街就幾乎可以辦完所有的事，但既然要出門，當然希望是晴朗的好天氣。只有上上週去余市看海時，才覺得幸好那天的天氣不好。

我用手機查了明天的天氣，發現明天是多雲轉晴。

「反正只要不下雨就好。」

英奈無力地說。

「這個是不是和總士的手機殼一樣？」

隔天，我們在街上逛了好幾家雜貨店，英奈在車站大樓內的店裡發現的手機殼，的確和總士的完全一樣。

「我們要不要幫京介也買一個，然後我們三個人都用和總士一樣的手機殼？」

「這樣整人太壞了！」

太過分了。我忍不住噗哧一聲笑出來。

「戳中妳的笑點了嗎？」

英奈看到我很捧場的反應，似乎有點開心，忍不住喜形於色。

「總士應該會笑出來，但如果不小心被有原看到就太尷尬了。」

「後果可能會很嚴重。她那麼專情的人為總士精挑細選的禮物，我們怎麼可以開玩笑買一樣的東西。」

之後，我們又逛了幾家店，走進星巴克喝咖啡時，我幾乎忘了這件事，但英奈又說：「我們四個人都來用橘色的手機殼嘛。」逗得我一直笑。雖然事後回想起來，可能搞不懂到底有什麼好笑，但和朋友之間的閒聊就是這樣。

我和英奈走在地下步行空間，那是連結地鐵札幌站和大通站之間的通道，但也同時是多功能空間。我們從札幌車站那一端進入地下步行空間，瞥了一眼在左側空間的街頭藝人表演，走向大通公園的方向。聖誕季節舉辦的慕尼黑聖誕市集還沒有開始，早知道應該在市集開始之後再來逛。

「妳有沒有看過聖誕老人？」

邊。

「……啊？」

英奈怎麼突然問這種問題？我曾經看過爸媽穿著平時的居家服，把禮物放在我床邊。

「聽說聖誕老人真人會出現在聖誕市集，從芬蘭的聖誕村特地前往市集。」

「是喔，竟然有這種事。」

不要說芬蘭，我甚至沒去過聖誕市集，完全不知道這種事。

「今年我們一起去，總士那傢伙可能變成去兩次。」

「是啊，他一定會和女朋友一起去。」

「但是如果我們不約他，他事後知道，一定會抱怨我們不夠意思。他這個人很會記仇。」

英奈真是很敢說，我又被她逗笑了。

我們穿越地下步行空間，從地下街「極光城」的電視塔附近出口來到地面。

「妳看，有彩虹！」

我指向天空說。

「真的欸！也就是說剛才下過陣雨了嗎？」

陽光從札幌的天空灑落，出現了七彩的拱橋。

英奈目不轉睛地看著彩虹，高興地期待說：

「可能會有好事發生。」

並沒有好事發生。

週日去籃球社練球，週一當然就開始上課。至於我為什麼心情憂鬱，那就是自從週六在大通公園看到彩虹之後，太陽就躲起來了，札幌的天空就像遭到壞心巫婆的詛咒。

但是，和今天傍晚看到的事相比，這種事根本不足掛齒。

週二籃球社不練球，我在放學後就立刻回家，臨時想去附近的購物中心逛逛，於是再次出了門。天空還是陰沉沉，偶爾滴下幾滴雨，簡直就像某個地方在漏水。

我腦袋放空，也沒有撐傘，心不在焉地走在路上，聽到一個熟悉的聲音叫我的名字。

「啊，小海……」

我將視線焦點聚集在前方的人影上。

「總士。」

他身旁有一個身穿制服的女生。

總士和那個女生撐著同一把傘，那把水藍色的雨傘就是之前去余市小旅行時，他帶的雨傘。

我轉身背對他們，默默離開了。

「喂，不是妳想的那樣。等一下！」

我不是總士的女朋友，並不會生氣或是哭鬧，只是內心很看不起他。

他臨時取消和漂亮女朋友的約會，就是為了和這個女生見面嗎？有原問他：「明天可以見面嗎？」他在回答「當然啊」時，腦袋裡卻想著別的女生？

「喂，妳等一下！」

總士抓住我的右肩。

「你不要碰我！」

我立刻甩開他的手。

「你不要跟著我！」

我咬牙切齒地說完，邁開步伐離開。

我知道總士很有異性緣，但之前一直以為只是周圍的那些女生向他獻慇懃，他只是敷衍而已，但我似乎想錯了。這個只是五官長得還不錯，被女生追捧的男生竟然可以若無其事地劈腿，同時交兩三個女朋友。

我太難過了。沒想到上中學後，一起在籃球社練球的朋友，竟然是一個渣男。

最後，我沒有去購物中心就回家了，回到自己房間，倒在床上。

怎麼辦？

要不要看不起他是我心情的問題，是我的自由，但我並沒有權利向總士和他身旁的女生說教，無論他們做什麼，這些行為會受到什麼報應，都必須由他們自己負責。

有原應該會很受傷，但對我來說，她只是上次有過一面之緣的人。我既無法聯絡她，也無能為力。但是……她因為無法和總士見面流下的眼淚，和總士答應約會時興奮的表情，都在我腦海中揮之不去。

我拿起手機，想和英奈討論這件事，但最後還是作罷。我覺得我並非當事人，不能隨便散播偶然看到的他人隱私。但是……

「以後看到總士，都會很生氣，為什麼只有我這麼倒楣？」

如果可以，我不想有任何秘密。我不想帶著不知道什麼時候會爆炸的危險物品，提心吊膽地過日子。

隔天，我在學校時，努力保持和平時一樣的態度，但只有總士找我說話時另當別論。

在周圍人眼中，顯然並不覺得我和平時一樣，英奈和京介好幾次都擔心地問我：

「妳和總士怎麼了嗎？」

轉眼之間，我和總士吵架的傳聞就傳遍班上和整個籃球社。

冷戰持續兩天。我越是努力表現出自己根本無所謂，完全沒有問題的態度，內心就越浮躁。

只要覺得他是個笨蛋，不必理會他，事情就解決了。但是，內心有另一個自己拒絕這麼做。最後是總士無法忍受這種狀況。

總士難得來參加籃球社的晨訓，一練完球，就走到正在和京介閒聊的我面前。

「小海，妳是不是誤會了什麼？」

我滿臉不耐煩地轉頭看著總士。

停止這種沒有意義的冷戰，是否就可以擺脫悶悶不樂的心情？

「難道你要說，剛好遇到沒有帶傘的女生，於是就和她一起撐傘嗎？就那點小雨也要幫她撐傘？而且那裡根本是和你回家的路相反方向，難道你要說，雖然你對那個女生完全沒有感覺，但還是特地送她去那裡？」

「啊？怎麼回事？」

不瞭解狀況的京介一臉不知所措。

「不是妳想的那種狀況！那是……」

「那是什麼狀況！」

總士沉默了。

「……我下週一定會說清楚。」

這個人在說什麼鬼話？為什麼現在不能好好說清楚？難道打算在下個星期前，和對方套好招嗎？

「我之前就一直感到納悶。」

我太生氣了，脫口說出了原本不該說的話。我知道不能說，但我已經無法克制自己。

「你為什麼不公開有女朋友這件事？你不想失去在學校被女生追捧的美妙感覺，你捨不得放棄在外面和其他學校的女生交往，在學校時，受到好像藝人般待遇的生活。但我覺得這根本是你自我感覺良好，只要站在札幌車站看來來往往的行人，就可以輕鬆找到比你帥的人。」

「小海，沒必要說這種……」

京介左右為難，試圖阻止我繼續說下去，但我已經失控了。

「有原特地來學校找你，而且還那麼開心，你竟然這樣傷害她，難道不會良心不安嗎？那天在你出現之前，她都忍不住哭了，你竟然還能夠無動於衷，真是搞不懂你這個人是怎麼想的。

你只是在自己的小世界內自以為了不起的井底之蛙！」

你倒是反駁我啊。

我嚴陣以待，無論他說什麼，我都要加倍罵回去。

但是，總士什麼話都沒說，一臉難過，不發一語，轉身離開了。

「……太扯了！」

總士的外表和說話感覺很不穩重，經常被認為很輕浮，但這只是表象，我認為他是一個值得信賴的人。之前一起去余市看海時，我覺得看到了他在粗獷外表下細膩的一面，更增加對他的信賴。我相信英奈和京介也一樣。

難道我看到的只是幻覺？

我內心的失望持續膨脹，差不多是信任的十倍。如果他是一個無關緊要的人，我不會這麼難過。

我一直以為他是我的朋友，他是一個好人。

「我想，總士他……」京介稍微想了一下後繼續說：「他可能覺得一旦回嘴，和妳之間的關係就再也回不去了。」

聽到京介這麼說，我沒有吭氣。我無法這麼快就冷靜下來。

「我認為有些事必須靠時間解決。」

「是嗎？」

我還是很生氣。雖然對京介生氣根本無濟於事。

「我相信總士真的有目前難以啟齒的隱情，他不是說，下週告訴妳嗎？總士一定會說清楚，等聽了他的說明之後，再感到幻滅也不遲啊。」

我不想讓時間來解決問題。誰知道總士是否真的有什麼可以說清楚的隱情，憑什麼要我等他的說明？總士可能只是希望時間一久，這件事就不了了之，我們可以漸漸恢復以前的關係。

我越想越火大。

「妳又因為我和妳那些朋友沒有任何關係，想找我討論妳和朋友之間的麻煩事？難道妳要我去調查他有沒有劈腿嗎？」

鳥飼步在電話的另一端深深地嘆氣。

「而且妳和那個叫田口總士的到底是什麼關係？」

雖然我揚言不想讓時間來解決問題，卻不知道具體該怎麼做。
回到家之後，雖然好幾次都覺得這樣太麻煩鳥飼步，不過最後還是打電話給他。
「我和總士是朋友。」
「既然這樣，在這件事上，妳只是局外人。如果無論如何都很在意，那就去問當事人啊，否則就不要再和他當朋友，事情不就解決了嗎？」
「你不要這麼冷淡，稍微聽我講一下又不會怎樣。」
「如果妳希望有人可以設身處地和妳討論這件事，就去打電話給張老師輔導專線啊。」
「張老師輔導專線又不會推理解謎。」
他愣了一下，沒有馬上反應。
「哪裡有什麼謎團？這個叫田口總士的人有女朋友，卻和其他女生撐同一把傘，然後剛好被妳撞見了。
難道妳要我研究田口總士和那個女生有沒有越軌行為這種不入流的事？熱衷於這種問題的人比蟑螂還不如，人生不是有更重要的事嗎？」
雖然我覺得沒去學校上課的人沒資格這麼說，但我沒有說出口。
「總士說，不是我想的那樣。」

「被人發現劈腿的傢伙，十之八九都這麼說。」

「他還說，下個星期會解釋清楚。」

「可能要和對方套好招，然後向妳辯解。」

「……我也這麼覺得，但京介說，總士可能有什麼隱情。」

「京介就是岩瀨京介嗎？上個月為合唱比賽的事有什麼糾紛的那個人。」

「對，就是他。」

「岩瀨京介是有什麼根據才這麼說？」

「不知道，但感覺不像是這樣。」

「……」

他不知道嘀咕了什麼，但我沒聽清楚，然後他說了一句：「我沒興趣，那就這樣。」

他說完後，就掛上電話。

算了，我什麼事都想找他幫忙解決，的確想得太美了。

一看時間，發現才八點多。明天是週六，籃球社不練球，也沒有和誰約好要一起去玩。

「那就去吃個布丁，看一部之前錄的電影，然後——」

然後再來思考一下這件事。反正秋天的夜晚很漫長。

我躺在客廳的沙發上看電影，不到一個小時，突然聽到有人按門鈴。

是誰這麼晚來我們家？

媽媽拿起對講機。

「喂……啊啊！」

媽媽似乎很驚訝。怎麼回事？

我拿起遙控器，按下暫停鍵。發生什麼事？現在只有我和媽媽兩個人在家，內心更加不安。

「你稍等一下。」

媽媽掛上對講機，提高音量對我說：

「步來找妳。」

……不會吧？

他剛才還說沒有興趣，卻在一個小時後，在這麼晚的時間跑來女生家裡，而且事先完全沒有打一聲招呼！這個人到底在想什麼啊？

「步，你長高了。」媽媽眉開眼笑地對他說，步回答說：「還好。」然後露出意味深長的笑容，似乎想要說，和妳家的女兒相比差遠了。媽媽和步的媽媽現在仍然經常見面，但媽媽和我一樣，應該是他讀幼稚園的時候最後一次見到他。

「你怎麼這麼晚來這裡？家裡出了什麼事嗎？」

媽媽擔心地問。

「如果我整天在家，反而會讓大人擔心，我來回都搭計程車，不必擔心。」

我們母女都啞口無言。

「請問我可以進屋嗎？」

媽媽在場，所以他用敬語說話，但他的行為根本就像推銷員，即使我們把他趕走，而且在他離開後撒鹽巴去霉運，他也沒什麼好怨的。

「呃，當然沒問題……」

媽媽有點手足無措，他向媽媽輕輕點點頭，大搖大擺地進屋，遞上裝在超商袋子裡的什麼東西。

「時間有點晚了，我只好去超商買，如果不嫌棄，我們可以一起吃。」

塑膠袋內裝了許多超商買的閃電泡芙和泡芙。媽媽向他道謝後，走回飯廳。

「好。」

他一屁股坐下，盤起了腿。

「喂！你在幹嘛？」

「時間這麼晚了，我們兩個人總不能單獨在妳房間聊事情，但也不能在妳媽媽面前聊田口總士劈腿的事。」

看來他至少還會有所顧慮……

於是我只能在走廊上和他說話。走廊上當然很冷，媽媽為我們拿來兩個座墊、茶，還有他帶來的甜點，以及電暖器，但還是很冷，於是我回去房間拿大衣穿上。

不知道是否因為好朋友的兒子九年來第一次上門，媽媽對他的態度並沒有不好，但仍滿臉擔心，對我咬耳朵說：

「他這麼晚突然來我們家，一定有什麼煩惱，妳就發揮耐心聽他說話。」

他用這種突兀的方式不請自來，難怪媽媽會這麼想。但是我知道他是那種獨自走進咖啡店時，看到熟人坐在四人座餐桌旁，即便旁邊還有其他初次見面的人，他仍會毫不猶豫在空位坐下來的怪胎，也因為他是怪胎，現在才會這樣突然上門。

「我有很多話要先說。」

「請妳長話短說。」

「你剛才不是說沒有興趣嗎？」

「掛上電話後，我才開始有興趣。」

「就只是這樣而已嗎？」

「對。」

「你的興趣強烈到無法等到明天嗎？」

他的心情起伏，就像火山爆發一樣難以預測。

「我希望在睡覺之前，把腦袋徹底清空，不想在上床之後腦袋裡想很多事。

而且我發現十一月之後，我只出門了三次，上上週寒流來襲，下了一個星期的雪，寒流離開後，到今天為止都沒有放晴的日子，所以我現在特地上門，是為了保養我的頭腦和身體。」

他還是老樣子，完全不管別人的時間是否方便。雖然我很感謝他願意聽我說到底發生了什麼事。

「岩瀨京介說，田口總士可能有什麼隱情。」

他態度嚴肅。

「對啊。」

「岩瀨京介這個人很有心機，我有點喜歡他，如果他憑直覺認為有什麼隱情，那我就來解開這個謎。」

「京介才不是有心機的人，而且他最後也沒有採取任何行動。」

京介太可憐了，竟然被一個不認識的人說很有心機。

「這並不重要，我說的是他的精神狀態。」

我無力反駁，只好進入正題。

「剛好是一個星期前的事。上週五，我和英奈準備一起回家時，發現總士的女朋友獨自站在門口。她叫有原奏，是另一所學校的學生。

然後她突然開始哭，又問我們總士最近有沒有和以前不一樣，還說總士最近都不和她約會見面。」

「他們具體有多久沒見面了？」

「一個星期左右。我記得她說總士臨時取消了兩次。」

他冷笑一聲。我有點能夠體會他的心情，但我是女生，當然要為有原說話。

「他們原本就不同校，而且都要參加社團活動，時間很難湊在一起，對他們來說，這兩天的約會時間比我們想像的更加重要。有原真的很擔心總士是不是發生了什麼事。」

「這樣啊，或許真的像妳說的那樣。好，妳繼續說。」

「後來總士出現了，和她約好隔天約會，然後我和英奈就回家了。當時有原超高興的。

沒想到這個週二，我看到總士和我們學校的女生恩恩愛愛地撐同一把雨傘。」

「妳是在哪裡看到他們？」

「就在這附近的購物中心。」

他用手捂著嘴。這是他思考時的習慣動作。

「光聽妳說這些，真的很難說什麼，必須瞭解更多詳細的資訊。

首先我很好奇，岩瀨京介的直覺有多準。我先以田口總士沒有劈腿這件事為前提推論一下目前的狀況。

如果缺乏有力的證據，就姑且認為田口總士只是一個多情的男生。」

我點點頭。

「田口總士在學校時，會經常提到他女朋友嗎？」

「雖然並不是在所有人面前都會提到他女朋友，但經常在籃球社的人面前曬恩愛。」

「最近沒有改變嗎？」

「嗯，對啊。」

「也就是說他並沒有在外人面前表現出和女朋友的關係不好。他的生日是什麼時候？」

「我記得是十月二十三日。我和英奈，還有京介三個人出錢，買了手帳送給他當生日禮物。」

他沉默不語，開始吃泡芙。他是否發現什麼線索？

我喝著媽媽泡的茶。我們為什麼要坐在這麼冷的走廊上？我冷靜了不少。

「田口總士和有原奏從什麼時候開始交往？」

「好像一年多了。有原是去年練習賽時，對手球隊的經理，之後他們就經常玩在一起，然後就交往了。」

他微微點頭。

「妳記得田口總士和那個女生一起撐的那把雨傘是男用傘還是女用傘？」

「是水藍色的雨傘，男女都可以用。」

「如果是這樣，就不知道是誰的雨傘了。」

「那是總士的雨傘，我之前看過。」

「妳什麼時候看過？」

他的身體微微前傾，可能開關終於打開了。

「十一月初的那個週六。」

「第一個週六嗎？我記得隔天寒流來襲，下了一個星期的雪。妳是去籃球社或是練完球後，看到他用那把傘嗎？」

「不是，週二和週六籃球社基本上都休息，那天是為總士慶生，我們一起去余市看海。」

「這個季節去看海嗎？還真有興致啊。」

他不知是否覺得佩服，微微一笑。

「你們只去海邊而已嗎？」

「我們去西光超商買了飲料和麵包，看完海之後，還去了余市蒸餾所。」

他拿出手機，不知道在查什麼。

「余市那天下雨，但時下時停。你們離開余市蒸餾所時有下雨嗎？」

「我記不太清楚了，好像沒有下很大。」

「真史，妳明天有空嗎？週六籃球社不是不練球嗎？」

「嗯，我雖然有空——」

他再次拿手機查詢，目不轉睛地盯著手機說：

「那我們明天早上六點在發寒車站集合，雖然我沒必要為妳做到這種程度，但剛好是我想去的地方，只是順便。」

「啊！你等一下，這麼突然──」

「我可以幫妳出車票錢。我現在才想到，妳就算了，但這麼晚來妳家，可能造成了妳媽媽的困擾。」

什麼叫我就算了！明明也帶給我很大的困擾！

最後，我們決定車錢各自出。他回家後，我向媽媽說明大致的情況，媽媽給了我零用錢。

第二天，我們在發寒車站搭上六點二十分往然別方向的電車前往余市。

「妳看，今天萬里無雲，難以想像這一陣子的天氣一直很差。雖然石狩灣的海浪很洶湧，但也是壯觀的景象。這班電車預計七點二十九分抵達余市，會搭大約一個小時左右的車。」

我覺得步看起來比平時稍微開朗。相較之下，雖然過了一個晚上，可是我仍然無法消除內心的疑問。

「請你說明一下，我們為什麼要去余市？」

「有一家名叫『水果星球余市店』的可麗餅很好吃。是農家經營的店，對食材的挑剔簡直無話可說。像是藍莓、覆盆子，吃進嘴裡會很感動。我很久沒吃了，最近有點想吃，剛好聽到妳提起余市的事。」

「是喔，聽起來好像很好吃……怎麼可能只為了這個目的去那裡？還有你昨天為什麼突然說回家就回家了？」

「因為我想睡覺。」

我已經說不出任何話了。

「反正搭電車去余市的路上沒事可做，所以我想妳可以利用這段時間說明情況。」

我知道對他的我行我素生氣是白費力氣，但還是有一股衝動，想抓起他的圓框眼鏡，丟向海浪翻滾的石狩灣。他說什麼「我希望在睡覺之前，把腦袋徹底清空」，卻害我昨晚一整晚都躺在床上悶悶不樂，嚴重睡眠不足。

「如果田口總士對妳說的那句『我下週一定會解釋清楚』，並不是在走投無路的情況下擠出來的藉口，那他今天應該會去余市蒸餾所拿遺失的物品。」

「他遺失了什麼？」

「雨傘。」

「雨傘？」

「就是妳看過的那把水藍色的雨傘。」

我在腦海中思考著他說的話。

「不，不可能。總士和那個女生一起撐傘時，手上拿的就是那把雨傘。我們四個人是在那之前去余市。」

「雨傘上有寫名字嗎？田口總士的那把水藍色雨傘，是世界上獨一無二的雨傘嗎？中學生用零用錢買的東西，不可能是那麼昂貴而又貴重的東西。」

「雖然是這樣……」

「八成是他去購物中心的路上，看到同校的女生拿著和他遺失的那把雨傘很像的雨傘，於是就叫住對方，仔細看了那把雨傘。只要問對方是在哪裡買的，就算無法找回自己遺失的雨傘，也可以再去買一把，作為雙重保險。」

「他為什麼對水藍色的雨傘這麼執著？如果雨傘不見，再買一把不就解決了嗎？」

「如果是很重要的傘，比方說，是女朋友送給他的呢？」

我說不出話。

我想起和英奈一起去雜貨店時，曾經看到有原送總士的那個手機殼，那把水藍色的雨傘，也很可能是在我們日常生活範圍內就可以買到的東西。

但是……

「如果是這樣，通常不會走進對方的傘下，而是用自己的雨傘為對方遮雨吧？兩個人撐同一把傘不是很奇怪嗎？」

「這得看當時的雨下得多大。」

有道理。我想起當時是既可以撐傘，也可以不撐傘的微妙天氣，而且我自己就沒有撐傘。

「你們一起去余市的隔天，也就是十一月的第二週，寒流就來襲，札幌市連日都是寒冷的天氣，下的是水分比較少的乾雪。那段期間出門不需要帶傘。

我猜想田口總士應該沒有馬上發現雨傘遺失這件事。如果他意識到，就會在那一週的週六去余市蒸餾所拿雨傘。正因為他很晚才發現，才臨時取消第三週和女友的約會。」

「女朋友送他的東西不見了，竟然整整一個星期都沒有發現……」

也未免太不放在心上了。

「我並不覺得這件事有什麼奇怪。只有下雨的時候才會用雨傘，如果是剛買的雨傘，或許每天沒事會拿出來看一下，但他今年收到的生日禮物是手機殼，雨傘是生日之前收到的，也許是去年的生日禮物。

他以為雨傘放在外出用的包包裡，一直沒機會發現搞丟了，就這樣過了一個星期，這件事並不會不自然。」

聽他這麼說，覺得好像是這樣。

「約會當天的十一月第三週週日，寒流離開，開始下雨，田口總士這才發現雨傘不見。他可能打電話去了余市蒸餾所，但是那種參觀的地方有很多觀光客出入，應該有很多人把雨傘忘在那裡。即使打電話去那裡，也未必馬上就能夠找到。我查了一下，發現余市蒸餾所對外開放的時間是上午九點到傍晚五點，就算是籃球社不練球的日子，非假日可能無法在營業時間結束前趕到。如果在小樽車站搭巴士，或許有辦法在打烊前一兩分鐘趕到，問題是電車和巴士未必能夠分秒不差地按照時間表運行。

籃球社週日練球到幾點？」

「下午四點。」

「那麼他也沒辦法在週日去拿傘。田口總士只有週六能夠時間充裕地去余市蒸餾所把雨傘拿回來。

田口總士原本可能打算上週六去余市，卻因為某個原因無法如願。」

我恍然大悟。

「我知道了，那天他要和有原約會。」

步點點頭。

「前一天週五的時候，有原奏去你們的學校，他說好要和有原奏約會，只好延到十一月的第四個週六，也就是今天去余市。」

我和英奈上週六一起去逛街。

「我有一個問題。」

「好，妳說。」

「總士和有原約會那一天有下雨，我們傍晚走出地下街時看到彩虹。如果那天總士用了不是有原送他的那把傘，那之前為什麼要臨時取消兩次約會？」

如果他想隱瞞弄丟雨傘的事，就應該再次找理由婉拒約會，去余市蒸餾所。只要把雨傘拿回來，所有的問題都迎刃而解。

「我也看到了那天的彩虹。偶爾看到彩虹，會讓人感到很高興，我記得那天難得很感謝天氣預報不準。」

「天氣預報不準……對喔！」

我想起週五晚上曾經確認天氣預報，天氣預報說，那天的天氣是多雲轉晴，降雨機率很低。

「那天出門沒帶傘並不奇怪，如果突然下雨，可以臨時買一把塑膠傘。他們既然是男女朋友，也可以共用一把傘。」

田口總士認為那天約會沒有問題，更何況女朋友都已經直接到學校了，拒絕她約會的要求實在太可憐。

只要今天去余市蒸餾所，就可以用某種方式解決田口總士的雨傘問題。若是沒有找到那把雨傘，只要去週二遇到的女生告訴他的那家店，再買一把就好。

所以，他昨天才會對妳說『下週一定會解釋清楚』。」

我之前就覺得納悶，為什麼步遇到和自己無關的事，就能夠很正常地體會別人的心情？

「至於到底是岩瀨京介的直覺和我的推論正確，還是田口總士只是迫於無奈搪塞，妳只要用自己的眼睛看一下就知道了。」

就要下午一點了。我們在七點半左右抵達余市，已經在這裡耗了五個半小時。我在余市車站旁的觀光物產中心「ELRA Plaza」內持續等待不知道會不會現身的總士。我必須配合電車和公車抵達的時間，頻頻向驗票口張望，或是去公車站察看，簡直就像是刑警在跟監。跟監通常都是兩人一組，但步說了聲「我要去吃藍莓可麗餅」，就走出車站。雖然我也很想吃，但是如果總士遲遲不現身，我必須一直守在這裡，恐怕就吃不到了。如果步吃得盡興之後，幫我外帶一個……我還是不要做夢比較好。

「差不多了。」

列車抵達的時間到了，我看向驗票口，果然看到總士的身影。

我鬆了一大口氣，很高興。

總士一定就像步說的那樣，是來這裡拿女朋友送他的心愛雨傘。

我走到外面，小心翼翼地用目光追隨總士的身影，以免被他發現。他走進余市蒸餾所，不一會兒，就拿著水藍色折傘走出來，然後走向和來路相反的方向。

他應該要去看海。

步所在的『水果星球余市店』位在離余市車站走路十五分鐘左右的地方，那棟建築是鮮紅色的外牆，一眼就看到了。他在後方的內用區，雖然只有他一個人，但他不是坐在兩人座位，而是獨自霸佔一張四人桌。我對這件事已經不想再說什麼了。

「總士來過了。」

他吞下嘴裡的可麗餅後，冷冷地說：

「這樣啊。」

一看桌子，發現有很多個折得很整齊的可麗餅袋子。

「吃這麼多，不覺得肚子很撐嗎？」

「餅皮很好吃，百吃不膩，而且包了食材後，甜味很柔和。」

我坐下來喘口氣。

「總士是老實人，就算不想在非假日向學校請假來拿傘，至少可以在和有原約會隔天的週日，向籃球社請假，來這裡拿雨傘。」

他喝了一口咖啡後問我：

「田口總士練球會請假嗎？」

「不，只要籃球社練球，他每次都會參加，但晨訓有時候會來，有時候不來，晨訓是自由參加。」

「既然這樣，如果他週日請假，妳一定會覺得很奇怪。妳上次不是也因為這樣，覺得岩瀨京介不對勁嗎？」

我無言以對。

「而且田口總士之前不是向你們炫耀他的女朋友送他手機殼當生日禮物嗎？結果卻弄丟了女朋友送他的雨傘，他當然不希望你們知道。

他可能不希望你們覺得他只是一個光說不練的人，對他來說，朋友的信任也很重要。

但這只是我的想像，並沒有任何根據。」

我必須向總士道歉。

我和步四目相對。

「……謝謝。」

他立刻移開視線說：

「我向來不接受無緣無故的道謝。」

第四章　離家少女

出大事了。

此時此刻，我在十二月的寒冷天空下擁抱孤獨。我必須獨自穿越至今為止的人生中，從來沒有遭遇過的黑暗，才能夠離開這裡。比方說，去鬼屋是在確保安全的情況下進行的遊戲，但我目前身處的狀況完全不一樣。這可不是訓練——我甚至沒有可以說這句話的對象。

我不能繼續逞強，必須趕快發出求救訊號，告訴外界我遇到緊急狀況。

✦

昨天晚上，我回到家時，難得看到爸爸坐在客廳看報紙。

爸爸的個子比我稍微矮一點，他曾經摸著極度彰顯自我主張的肚子嘀咕說：「我和小巨人荷西．奧圖維的身高一樣。」雖然我不知道荷西．奧圖維是誰，但我猜想身高相同應該是他們唯一的交集。聽說爸爸以前在高中打棒球。

平時在客廳遇到爸爸，大都只是打聲招呼而已，但昨天不一樣。

爸爸一屁股坐在沙發上，看著報紙說：

「聽說上個月有男生來家裡。」

他聽起來很不高興。

「對啊。」

「聽說是晚上很晚時過來。」

從他的問話中，就可以感受到他對步來家裡很不爽。

「我想媽媽應該已經告訴你了，步和我從小一起長大，媽媽和他媽媽現在也經常見面。」

「但妳還是國中生啊。」

「又不是我三更半夜跑出去？是他來家裡當不速之客，只有他父母有權利管這件事，輪不到你來說吧？

還是你覺得要是他來家裡，就應該把他趕走？」

「還不是因為妳傻傻的，對方才會不把妳放在眼裡，做出晚上突然跑去別人家這種不合常理的舉動。妳明年就要考高中，未免太散漫了。」

你自己的肚子才是散漫的結果！

「我完全不知道你在說什麼，你的意思是，只要我規規矩矩過日子，鳥飼步就不會對我做出這種不合常理的舉動嗎？這太莫名其妙了。

會有『那個人很規矩，所以我盡量不要給他添麻煩』這種想法的，原本就是正常人。

不合常理的人因為不合常理，所以才會做出不合常理的行為，他們根本不在意別人的言行。無論我的生活態度如何，對不合常理的步完全不會有任何影響。」

爸爸仍然看著報紙數落我。

「我聽說妳之後還和他一起外出，你們去哪裡？做了什麼？」

「我們只是一起去余市而已，在傍晚之前就回家了。我每天的行動都必須一五一十向你報告嗎？

既然你會問我這種問題，代表你認為我做了什麼不好的事。你覺得自己是爸爸，就可以隨便亂懷疑人嗎？」

「真史，妳在對誰說話？這是什麼態度？」

爸爸終於放下報紙，抬起頭。

「是你一開始就在挑剔我！你用什麼態度對別人，別人就用什麼態度對你，你都活到這把年紀了，難道連這種事都不知道嗎？

你剛才說我散漫，但我覺得你比我更加散漫。你看看自己的肚子，還有雙下巴，這根本是在向所有人宣告，你不懂得節制，無法克制自己的慾望大吃大喝。」

「妳……妳什麼時候變成這種會惡毒攻擊父母的人了？」

「我哪有惡毒攻擊你？我只是實話實說，而且你該慶幸我還願意和你說話。因為一邊看報紙，一邊發牢騷的人被無視也是理所當然，這和電視上那些對陌生人品頭論足的人沒什麼兩樣。

你偶爾才回家，根本搞不清楚狀況，可以別擺出一副自己是家長的態度，對我說三道四嗎？」

爸爸的臉漲得通紅，整個人不停地顫抖。

「反正妳不可以和這種莫名其妙的男生來往！不懂得顧慮他人的人，只會造成別人的不幸，妳要和對自己有幫助的人來往。」

爸爸根本沒見過步，憑什麼認定他會為我帶來不幸？

「可以請你不要把這種交朋友時只想到利害得失和上下關係的可悲老人想法強加在我身上嗎？」

「妳說話沒大沒小，妳知道自己是靠誰賺的錢才能過目前這種生活嗎？」

「當父母的一旦說這種話就完蛋了。你小時候不是也靠爺爺、奶奶照顧，才有辦法長大嗎？

更何況我從來沒有拜託你把我生下來！」

我和爸爸都說了不該說的話，吵得一發不可收拾。

我忍無可忍，不想再看到爸爸的臉，即使隔了一晚上，怒氣仍然無法平息。於是我就在隔天早上離家出走。

✦

我在黑暗中總算回到建築物內，打電話給英奈。

「喂，英奈？」

「有什麼事嗎？怎麼突然打電話給我？」

「我離家出走了。」

「啊？發生什麼事？」

英奈的聲音聽起來很擔心，我覺得有點對不起她，而且覺得自己很沒出息。

「不是什麼大不了的事，只是和我爸爸吵架。」

「為什麼事吵架……」

「算是和鳥飼步有點關係。」

短暫的沉默後，英奈說：

「喔，原來是他。妳接下來有什麼打算？如果沒地方去，可以來我家。」

「不，我原本打算回家……」

「現在才晚上八點多，這算是離家出走嗎？」

英奈可能發現事情沒有她想像的那麼嚴重，似乎稍微放心。

「雖然妳這麼說，我有點尷尬……剛才有點狀況，我現在很難回家了。」

「怎麼回事？沒問題嗎？」

英奈再次緊張地問，我可以想像她臉色蒼白的樣子。

「我現在——」

但這通電話無情地斷了。

◆

我的生活方式完全不受非假日或是假日這種世俗的習慣影響，但如果有人說我每天都在放暑假，那就太愚蠢了。我比那些阿狗阿貓刻苦用功多了，而且隨時磨練自我，至少在札幌市內，我可以說是最操勞的國中生。

但我也需要休息。接下來我打算好好泡一個半小時的澡，把全身洗乾淨後，再來享受冰箱裡的歐培拉蛋糕。晚上吃加酒的蛋糕，會有一種幸福感。可可粉和咖啡的香氣撲鼻，口感輕盈、入口即化的巧克力海綿蛋糕內吸滿咖啡糖液，在嘴裡擴散……太令人期待了。

但是，一通不識相的電話破壞我美好的計畫。雖然我可以拒接電話，但不能排除親戚發生了什麼急事的可能性。

一看手機螢幕，發現上面出現『栗山英奈』這個名字。

她是誰？她不是我學校的同學。我沒有留電話給學校的任何同學，而且我今年幾乎沒有去過學校，根本不可能有人會有事找我。那就直接無視。如果對方無論如何都要找我，一定會再打電話。

我放好熱水，一切準備就緒，正準備起身去泡澡時，那個栗山英奈卻從遺忘的彼岸現身。真是太不是時候了，為什麼不乖乖留在地平線的另一端？

我會努力按順序忘記不必要的記憶，讓大腦隨時保持明淨的狀態，但兩個月前的記憶還無法徹底清除乾淨。

上上個月，我去發寒的一家咖啡店品嚐洋梨塔時，巧遇真史，當時栗山英奈也在場，而且還有另一個男生，但我完全想不起他的名字。在聊了將近一個小時後，那個男生提議互留電話，反正留電話沒什麼好怕的，於是我就留了，當時以為這一輩子都不可能和他們聯絡。

這種萍水相逢、只是在札幌車站南口廣場擦肩而過的人，到底找我有什麼事？我在不知不覺中產生一絲好奇，竟然不小心點下通話鍵。

「我是鳥飼，如果妳是打錯電話，請妳馬上掛斷。」

「沒有打錯，我有事想要拜託你。」

啊啊，我想起來了。上次她自始至終都臭著一張臉，不時露出銳利的眼神看著我。我差點對她說教，說用這種態度對待初次見面的人太失禮了。

「小海離家出走，好像沒辦法回家了。」

小海……是真史嗎？

「既然是離家出走，不是沒必要回家嗎？」

「她怎麼可能真的離家出走，然後一直不回家？」

她的態度真惡劣。

「這是有事拜託別人的態度嗎？」

「……對不起。請問你知道小海可能會去哪裡嗎？」

「完全沒有頭緒。」
「你不是她從小的玩伴嗎?」
「只是小時候就認識而已。最近她有煩惱,來找我商量,才又見面,但之前很久沒見了,而且那次之後,並沒有經常見面,我對她的行動一無所知。」
「那你和我一起想一下,真史目前可能在哪裡。」
「我拒絕,我等一下有事要做。」
「你是造成目前這種情況的原因之一。」
這個女生突然說什麼鬼話?
「為什麼?我對真史並沒有這麼大的影響力。」
「小海說,是因為鳥飼步的事和她爸爸吵架。」
「我完全不知道是怎麼回事,我甚至沒有見過她爸爸。」
「你可能對小海做了什麼奇怪的事,只是你自己沒有意識到而已。」
雖然她這麼說,但我完全沒有頭緒。
我們兩個人都陷入沉默。
真希望這通電話到此結束,我想趕快去泡澡。
「如果真史出了什麼事,我會恨死你。」

她一改前一刻的氣勢，平靜而又硬邦邦的聲音讓我感到有點害怕。

我完全不指望栗山英奈喜歡我，但成為她痛恨的對象就有點傷腦筋。她既然說恨死我，搞不好真的會對我做出什麼事。

「……好吧，雖然我很無辜，但既然和我有一點關係，那我就來想一下。」

「謝謝。」

電話中傳來她嘀咕的聲音。

於是，我就和栗山英奈約好去北1街．宮之澤通上，位在圓山公園對面的星巴克見面。

一看時間，晚上八點半。「這麼晚了，妳可以出門嗎？」我現出關心問，她回答說：「雖然不太行，但我會想辦法。」既然這麼說，想必她會想辦法解決。

雖然必須在寒冷的夜空中，沿著黑暗的坡道走下去，但目前氣溫和去那裡的距離剛好可以讓我腦袋保持清醒。回來的時候搭計程車就好。

我帶上筆電。也許要看地圖，或是調查很多事，才有辦法讓真史回家。

夜晚的圓山公園和白天不同，一片靜悄悄的。我穿越公園，來到了約定的地點。

栗山英奈比我更早抵達星巴克。

我端著乳酪蛋糕、蘋果派、巧克力蛋糕和咖啡走上二樓，發現栗山英奈和兩個我不認識的男生一起坐在沙發座位上。雖然她事先並沒有告訴我會帶其他人來，但這種事不重要，所以我不發一語地坐下。

「好久不見。」

栗山英奈向我打招呼。她的態度還是這麼冷淡。

「他們也是小海的朋友，我們一起參加籃球社。他們聽說小海離家出走的事都很擔心。」

「這樣反而更好。我上次說了，我不喜歡坐在兩人桌吃東西。」

他們三個人都只點了飲料，桌上有很多空位。

「你買太多蛋糕了吧。」

「因為我剛才稍微運動了一下。」

我坐下後，先吃了乳酪蛋糕。

「我叫岩瀨京介，聽說你是小海的兒時玩伴。」

「喔喔，原來你就是岩瀨京介。」

他一頭短髮，五官清秀，雙眼銳利，好像隱藏著什麼似的。雖然我們應該沒有實際見過面，但我發現眼前的岩瀨京介和我內心對他的感覺幾乎一致。

「請問你知道我嗎？」

「你不用說敬語。」

「我叫田口總士，請多指教。」

田口總士不就是上個月去余市蒸餾所拿雨傘的那個人嗎？雖然我那天沒有親眼看到他，但我發現他比真史更高，而且長相英俊。像他那麼帥的人，的確只要和女生一起走在路上，就會被懷疑。

我對這三個人的瞭解竟然超過自己學校的同學。雖然我其實並不想知道。

「晚上八點多時，我接到小海的電話……」

「妳接到她電話時，為什麼不問她在哪裡？」

「小海的手機好像沒電，說到一半，電話就斷了。」

「妳太粗心了。」

我忍不住嘆氣。

「真史目前處於難以回家的狀況，手機又沒電。

如果她身上帶了足夠的錢，可以去便利商店或是其他地方買行動電源，只要手機可以充電，可能就會聯絡我們其中的某一個人。

或是假設附近有公用電話，她就可以打電話回家，請她父母去接她。再怎麼樣，都會記得家裡的電話號碼。

如果沒有零錢，可以打110找警察。她是國中生，警察應該會去救她。」

我剛說到這裡，手機就響了。

螢幕上顯示『公用電話』幾個字。

「喂？」

「步嗎？是我，是我！」

「如果是詐騙電話，我就要掛了。」

「啊，拜託你不要掛，我是海砂真史！」

她為什麼知道我的手機號碼？這個疑問閃過我的腦海，但立刻就想到答案。我的手機號碼的諧音『痛苦艱難的工作』很好記，而且我們相隔九年又重新見面，不就是因為她打了一通電話給我嗎？

栗山英奈和另外兩個男生都看著我，我小聲告訴他們，是真史打來的電話。

「我現在——」

「聽說妳離家出走了。」

「你怎麼知道？」

「栗山英奈告訴我的，目前除了栗山英奈以外，岩瀨京介和田口總士都坐在我面前。」

「原來……是這樣。」

「妳這通電話打得正是時候，省下我很多腦細胞。妳現在人在哪裡？」

「你要來救我嗎？」

「我才不會去，我會通知妳爸媽。」

「不要！我和爸爸吵架離家出走，怎麼可以找他們來救我？」

是喔是喔，那妳就一個人加油嘍——雖然我可以這麼說，然後掛上電話，但如果真的這麼做，不知道她的朋友會怎麼對付我。他們三個人正屏息斂氣，目不轉睛地看著我。

田口總士很可能會用蠻力抓住我，岩瀨京介即使不會當場動手，也難以猜透他會使用什麼奸計。

最棘手的就是以不知道該如何形容的視線緊盯著我的栗山英奈，她的眼中一定沒有我，不難想像，她瞪大的眼睛想要看到的是目前下落不明的真史。在這個女生面前棄真史不顧的行為很危險。生物本能在我內心猛敲警鐘。

我目前的處境還真不堪。照理說，我現在應該正在泡澡，然後想著冰箱內的歐培拉蛋糕。

我已經很久沒有為這個社會上的不公不義煩心了，但事到如今，只能盡最大的努力解決眼前的問題，趕快處理完這件事，回到屬於我的平靜夜晚。

「妳沒辦法走路回家嗎？」

「太遠了，沒辦法。」

「妳人在哪裡？」

真史沒有回答。

「真史，妳應該不是因為沒有錢才回不了家吧。」

「不，我身上有錢，我打破五百圓硬幣的撲滿，現在錢包鼓鼓的。」

真是太令人佩服了。

「妳知道這個世界上有行動電源這種東西嗎？便利商店就有賣，妳去找一下。先為手機充電，讓手機有辦法開機，就可以搜到最近的車站，還可以請店員幫妳叫計程車，當然前提是妳必須在計程車行服務的範圍內。」

「沒辦法！周圍一片漆黑，我無法離開目前所在的地方。」

「……我們不要再繼續這種沒有意義的對話了，只要妳說出自己所在的地點，不就解決了嗎？

妳知道妳害多少人為妳擔心嗎？」

「……你又沒擔心我。」

「妳的三個朋友都用可怕的眼神看著我，老實說，他們讓我坐立難安。要不要叫他們聽電話？」

我認為繼續和她聊下去，根本無法解決問題。

「……不，不用了。一旦聽到英奈的聲音，就會不小心說出我人在哪裡。」

「妳乖乖說出妳在哪裡不就解決了嗎？妳到底想幹什麼？妳打電話給我，是希望我做什麼？」

「我希望你可以幫我想出離開這裡的好方法。」

「但首先必須知道妳人在哪裡。」

「你知道了之後會怎麼做？」

「告訴妳爸媽。」

「那我不能告訴你。」

我忍不住煩惱起來。她以前就這麼難以溝通，這麼頑固嗎？

「算了，反正等天亮之後，應該就有辦法，等到天亮之後，我會自己想辦法回家。」

「妳別說傻話了，這麼冷的天氣，妳隨便找地方睡覺，不僅會感冒，搞不好會凍死。」

「沒事，我穿了很多衣服。」

「妳爸媽一定饒不了妳。」

「事到如今，什麼時候回家都沒差了。」

「他們一定會報警。不，搞不好已經報警了，被那些身穿制服，滿臉嚴肅的警察問東問西，一點都不好玩吧？」

「你告訴他們，我明天早上一定會回家，叫他們不必擔心。」

那就換一種方式問她。

「真是拿妳沒辦法，那我現在來猜猜妳在哪裡。妳應該很瞭解我的能力。」

「好啊，如果你能猜到，那就猜猜看啊！我在一個你絕對想不到的地方！」

「妳這麼有自信啊，妳在一個通常別人不會想到妳會去，充滿意外性的地方？」

「……你想用這種方式從我口中套話嗎？我才不會上你的當。」

她還有餘裕想到這件事。真是麻煩。

「那就這樣，如果我真的走投無路，再打電話給你。」

電話掛斷了。這是我至今為止的人生中，最沒有意義的一通電話。

「小海說什麼？」

「她沒說任何重要的事。」

我不情願地把通話的內容告訴另外三個人，他們聽了之後都沒有說話，想必都在絞盡腦汁思考。

田口總士最先開口。

「小海那傢伙該不會被綁架了？」

「如果是這樣，她終於有千載難逢的機會可以打電話，會打給我嗎？如果真的遇到這麼嚴重的狀況，她會第一個打回家或是報警。

即便是綁匪強迫真史打電話，她剛才那通電話也太空洞了。綁匪讓她說那些話，到底能夠得到什麼？」

「……有道理。」

田口總士似乎稍微放了心，他吐出一口氣，靠在椅背上。雖然知道不可能，但這的確是最先想要排除的可能性。

栗山英奈開口。

「小海目前一個人在那裡嗎？既然她在離這裡有點遠的地方，搞不好有人協助她離家出走。」

「這個可能性很低。

如果她和協助她離家出走的人在一起，他們一定會研究脫身的方法，除非發生兩個人的手機都同時沒電這種蠢事。

如果是基於某種理由，導致那個協助的人離她而去，出現難以回家的狀況，事態就很嚴重。但是，果真遇到這種情況的話，正如我剛才所說，她不可能會打電話給我。」

「嗯，雖然她離家出走，但如果打算今天就回家，那就不需要有人協助。如果她需要幫忙，應該第一個找我。」

雖然栗山英奈自信滿滿地這麼說，但她會協助別人離家出走嗎？她一定會竭盡全力阻止，然後追根究底盤問為什麼要離家出走。算了，這種事完全不重要。

「真史有莫名的自信，認為我們絕對不可能知道她目前所在的地方。她並不是且走且看，而是在事先充分計畫後，前往目前所在的地方。但已經明明事先計畫，目前卻仍然被困在那裡，顯然發生了什麼出乎意料的事。」

我看著他們三個人。

「雖然我和她是兒時玩伴，但對她最近的狀況幾乎一無所知。在你們眼中，海砂真史是怎樣一個人？希望你們可以說出來聽聽，供我作為參考。」

我所認識的真史……雖然我只知道她小時候的狀況，但在我的印象中，她並不是這麼大膽固執的人。

岩瀨京介最先開口。

「我覺得她是一個做事認真的人，只不過她總覺得自己很懶散。」

田口總士接著說：

「雖然她在籃球社很活躍，但平時經常心不在焉，不知道她在想什麼，而且她很愛操心。」

聽了他們的評論，覺得她似乎的確是這樣的人。

「她平時很溫順，我覺得她不是愛操心，而是有點膽小。」

小海每次情緒激動地採取行動時，十之八九都是為了別人著想。她心地很善良。」

栗山英奈微微低著頭，深有感慨地說。

栗山英奈說，真史是因為我的事，和她爸爸吵架，也因此這樣離家出走，所以硬是把我約出來。對真史而言，這次的離家出走同樣是為了別人著想所採取的行動嗎？

「她離家出走對我沒有任何幫助。」

「我並沒有說這次也是這樣，你不要誤會。」

我可沒有誤會，只是在討論可能性的問題，但我懶得解釋，於是默不作聲。

「而且她超頑固！既然她已經說要天亮之後再回家，我認為她不可能等一下又打電話來說『還是請你們來救我』。」

「因此無論如何，都必須由我們找出她目前在哪裡。」

他們三個人對真史的看法都不一樣。如果可以拍下來給真史看，想必她就不會無聊地繼續逞強，說出自己目前所在的地方。

「謝謝，我大致瞭解了。

那我就來思考一下，真史到底會在哪裡。」

姑且不論我，既然眼前這三個人這麼擔心，等到真史平安回來之後，必須好好向他們道歉。她上次應該已經向田口總士道歉過了，這次會是二度道歉。

「那我來整理一下目前的狀況。

首先，真史目前在很遠的地方，無法走路回家。她只是打破五百圓撲滿，身上不可能有可以搭飛機的錢，而且她原本打算今天就要回家，我猜想她目前仍然在北海道的某個地方。

真史搭公共交通工具去了某個地方，原本打算從那裡回來。未成年的人如果不靠外人協助，只能用這種方式去很遠的地方。

但是，後來出了某些狀況，導致情況失控，她無法自行回家，而且手機沒電。周圍非但沒有超商，甚至一片漆黑，她無法離開那裡，但那裡有公用電話。

既然她揚言明天早上就會回家，想必是在室內。畢竟十二月的天氣，如果在戶外一整晚，等不到明天早上，她就會冷死。

按照常理，真史在我們絕對不可能想到的地方，她認為我們不可能輕易找到她。由此可見，她躲在一個成為我們盲點的地方。」

「我認為並沒有很多這樣的地方。」

「岩瀨，你說得沒錯，分析真史到目前為止所說的話，完全有可能查出她目前所在的地方。」

「嗯。」田口總士最先開了口，「會不會是錄影帶出租店的A片區？」

「你嘴巴不要這麼賤，這種時候不要亂開玩笑！」

栗山英奈以輕蔑的眼神看著田口總士。

「不，就要用這種方式集思廣益。二十四小時營業的錄影帶店周圍不可能一片漆黑，所以她不可能在那裡，但思考的方向沒錯，真史就是在這種按照常理，我們『絕對不可能想到的地方』。

無論你們想到什麼，都請你們說出來。」

「會不會是在深山裡的旅館什麼的？原本打算當天來回，去泡個溫泉後再回來，結果因為某些原因導致無法回家，只能住下來。如果是這樣，倒是可以稍微放心。」

「栗山，這不太可能。雖然真史的身高超過成年女性的平均身高，但臉還是符合年紀的小孩臉，她一個人拿出一大把五百圓硬幣，旅館的人不可能讓她住宿吧？一定會問她出了什麼事，然後和她的父母聯絡。」

「嗯，有道理。」

栗山英奈連續點了兩次頭。

「海砂真史是什麼樣的人？她是住在札幌市西區的國中二年級女生，個子很高，在學校參加籃球社……這就是我所瞭解的基本資料，雖然現在要思考她平時不太可能去的地方，但也不會是太古怪離奇的地方。因為如果她和周圍的環境太格格不入，就會引起旁人的注意，搞不好會被輔導，也就是說她不可能在A片區。田口總士，如果是你在那種地方，周圍的大人可能只會對你露出關愛的眼神。」

「你少虧我，這個可能性已經排除了，現在來認真考慮一下。對了，她會不會去小鋼珠店？」

「根據北海道的相關條例，小鋼珠店在晚上十一點之後就無法營業，而且原本就禁止未滿十八歲的人進入。

未成年人也不能在夜間進入網咖或是KTV這種地方，她應該不會在那裡，更何況如果她在那種店裡，就可以向店家借充電器。」

「未成年人要一個人撐到天亮不是一件容易的事。」

岩瀨京介說。

「會不會在醫院？如果是在鄉下地方的大醫院候診室，搞不好可以坐一整晚。」

我忍不住噗哧一聲笑了，但並不是嘲笑他。

「如果真史在那裡，那就太令我刮目相看了。這的確是好主意。但是，你們曾經在探病時間結束後留在醫院內嗎？深夜的時候，護理師會巡房，根本不可能基於離家出走這種莫名其妙的理由在那種地方過夜。」

所有人都沒有說話，大家都為了真史絞盡腦汁思考著。

「會不會……在道路休息站之類的地方？」

栗山英奈小聲嘀咕。

「之前去余市的時候，我們不是也曾經經過『太空蘋果余市』嗎？那裡就是道路休息站吧？我之前一直以為只有開車會去道路休息站，但是搭電車或是公車，是不是也可以去道路休息站附近？」

「道路休息站是二十四小時營業嗎？至少廁所隨時可以用……」

我從包包裡拿出筆電，放在腿上，打開開關。

「岩瀨說得沒錯，大部分道路休息站都在傍晚關閉，但可能有二十四小時營業的地方，值得查一下。」

我俐落地敲打鍵盤，看著搜尋結果。

「北海道有多少道路休息站？五十個左右？」

田口總士自言自語地問。

「有超過一百個。」

「全部清查的話，需要不少時間……」

如果時間充裕，清查所有的休息站可以做到萬無一失，但是現在沒有這種閒工夫。我想要趕快回家泡澡、吃歐培拉蛋糕。

「我認為不需要這麼麻煩，小海原本打算當天就回家，那就可以排除離札幌很遠的地區，不，但是……」

岩瀨京介似乎對自己的意見產生疑慮，又想了一下才說：「她不是去觀光，因此在當地停留的時間不是問題。如果只是打算一天之中大部分時間都搭車，用這種方法消磨時間，那麼就算是去離這裡很遠的道路休息站也沒問題。」

「小海不在那麼遠的地方。」

栗山英奈語氣堅定地說。

「喔？妳似乎很有自信。」

她似乎並不是憑直覺這麼認為。

「小海在電話中對我說『剛才出了狀況，我現在沒辦法回家了』。我是在晚上八點多接到她的電話，小海在打電話給我之前還打算回家。既然她打算今天回家，就不可能在離札幌有五、六個小時車程的地方。」

兩個男生發出感嘆。栗山英奈說得沒錯，既然這樣，真史不可能在稚內或是釧路之類的地方，但還可以稍微補充一下。

「但是不知道對真史來說，『剛才』是代表多久之前的過去，即使是好幾個小時之前的事，也有的人會說是『剛才』。」

「那我的想法錯了嗎？」

「不，我並沒有這麼說。如果是在幾個小時前，發現導致她無法回家的狀況，她首先應該用手機和別人聯絡，或是上網蒐集資料，當然會發現手機的電池所剩不多了。應該不可能有傻瓜會在手機電池快用完，而且還沒辦法回家的狀況下，在栗山接到電話的晚上八點之前都浪費時間，沒有採取任何行動。」

栗山英奈微微皺起眉頭說：

「那這代表就像我剛才說的，小海就在不遠的地方。」
「她該不會突然生病或是受傷……」
另外兩個人聽了田口總士的發言，都有些不安。
「我剛才已經說過，如果她得了無法搭電車或是巴士的重病、受了重傷，打電話給我就太奇怪了，無論如何，真史目前並沒有面臨嚴重的狀況。雖然不瞭解原因，但真史沒有搭上原本預定要搭的那班車，由於那是最後一班車，才會陷入目前的狀況。我認為這種情況更合理。」
栗山英奈輕輕點點頭。
「如果某個地方往札幌方向的最後一班車是在晚上七點多，而且道路休息站內有可以讓她逗留一晚的設施，真史很可能就在那裡。」
我再次敲打著鍵盤。
「如果限定在道央，就可以大幅縮小範圍。」
我打開了換車指引網站，在附近的交通工具中，尋找哪一個道路休息站，有晚上七點多往札幌方向的末班車。試了之後，發現比我想像中更麻煩。
「有兩個地方，但兩個地方都無法滿足所有的條件。
『岩內』在市中心，周圍並不會一片漆黑，而且附近有便利商店。從地圖上來看，『向日葵北龍』周圍的晚上會很黑，但並沒有二十四小時營業的免費休息所之類的地方。這裡雖然可以住宿，但剛才說過，一個國中生不可能入住。」

揮棒落空後，空氣中瀰漫著失望。

「這樣啊……嗯，謝謝你。」

栗山英奈垂頭喪氣地說。

我挖了一口巧克力蛋糕，準備送進嘴裡，才發現自己的另一隻手捂著嘴。之前我很少意識到這件事，但似乎是我的習慣。我放下捂著嘴的手，仔細品嚐蛋糕後，繼續和他們討論。

「目前為止的討論幾乎快觸及重點了，我認為『想不到的地方』很可能是一名國中生不會自己一個人去，通常都是大人開車去的地方。

距離應該在可以當天來回的範圍，雖然是周圍一片漆黑的偏僻地方，但有可以二十四小時逗留的室內……」

原來如此。我內心浮現了一個可信度相當高的可能性。

「可能是高速公路上的服務區。」

他們三個人互看著，田口總士不停地點頭。

「高速公路上的服務區的確都在偏僻地方，到了晚上就會一片漆黑。」

「小海是怎麼去那裡？」

我回答了岩瀨京介提出的疑問。

「搭高速巴士時，可以在其中幾個地方下車。住在札幌的話，很少有機會去高速公路上的休息站，或是高速公路上的公車站。如果完全不瞭解任何狀況，想要找失去音訊的真史，恐怕不會想到那裡。」

我吃完巧克力蛋糕，再度用筆電搜尋。

「有五個休息站或是服務區可以搭高速巴士前往。」

我從包包中拿出A4的活頁紙，抄下搜尋到的結果後，拿給他們看。

✦

①野幌休息站　匝道上設有巴士站

•上行和下行方向都有西光超市。

•上行和下行方向都可以從普通道路進入。

•晚上八點以後，有往札幌方面的班次。

②岩見澤服務區　往札幌方向區域內有巴士站，向旭川方向匝道有巴士站

•晚上八點以後，有往札幌方向的班次。

③砂川服務區　服務區內有巴士站

・晚上八點後有往札幌方向的班次。

④茶志內休息站　站內有巴士站

・晚上八點以後有往札幌方面的班次。

⑤輪厚休息站　匝道上設有巴士站

・上行方向（往苫小牧方向）有補給站（二十四小時營業）可從普通道路進入。

・下行方向（往札幌方向）有補給站（至晚上七點為止）可從普通道路進入。

・晚上八點後，無法搭乘往札幌方向的班次。

✦

田口總士盯著我用潦草的字抄下的內容看了片刻，突然抬頭看著我說：

「她不可能在有西光超市的地方。」

「沒錯，如果附近有超商，真史就不必在意手機充電的問題，因此首先可以排除野幌上行和下行兩個方向的休息站。」

原本看著那張紙的栗山英奈抬起頭。

「如果是在這幾個之中，不是只有輪厚有可能嗎？其他幾個地方在小海打電話給我的晚上八點之後，仍然有可以回札幌的班次。」

岩瀨京介目不轉睛地盯著紙上的內容說：

「但是，輪厚的上行方向有二十四小時營業的補給站，應該有賣行動電源。」

「我原本也這麼認為，但是真史到了輪厚之後，在巴士站下車，並沒有發現從輪厚休息站的上行方向進入補給站的路。我在網路上看了休息站的情況，可以從普通道路繞到休息站後方，但最先看到的是ETC的專用入口，而且還有一塊牌子寫著『禁止行人穿越』。可能這塊牌子上的文字讓她留下印象，所以繼續往前走，經過深處看起來像是出入口、很不起眼的門時完全沒有發現。又再往前走，就是穿越高速公路下方的隧道。如果要搭往札幌方向的巴士，就必須去下行方向那裡，真史當然會穿越那條隧道。繼續往前走，在即將來到ETC專用入口的前方，有通往普通道路的出入口，可以從那裡進入輪厚休息站的下行方向。」

我想再來一口蛋糕，但發現盤子已經空了。我什麼時候吃完的？算了，等一下再去點就好。

我做了總結。

「從地圖上來看，輪厚休息站周圍只有牧場、工廠和農田，雖然走一段路，就可以去街上，但晚上必須摸黑前往。她無法用手機上的地圖軟體，休息站內即使有地圖，也是讓司機看的大範圍地圖，對目前的真史沒有任何幫助，她當然不敢隨便亂走。

輪厚休息站下行方向的補給站在晚上七點就結束營業，她當然就無法買到行動電源。

室內的熱食自動販賣機二十四小時販賣熱食，她可以長時間在那裡逗留。那裡應該有桌椅，讓民眾可以坐在那裡吃購買的食物。雖然偶爾可能有人出入，但幾乎所有人買完東西就馬上回去自己的車上，即使瞥到真史在那裡，也會覺得她坐在那裡等去上廁所的父母。

從札幌搭高速巴士到輪厚休息站差不多四十分鐘左右，搭車當日來回完全沒問題，但很難走路回來。

所以這裡完全符合真史逗留的條件。」

岩瀨京介低頭不語，他似乎在思考。

「那麼，小海為什麼沒辦法回家？」

我回答了他的問題：

「高速巴士和普通的公車不同，有些車站規定只能上車，有些車站只能下車，若是可以搭乘的區間，有時候仍然需要事先預約。

真史很可能事先沒有調查清楚這些情況，只是看了時間表，最後導致回不了家。

要不要來查一下？」

我再次敲打著鍵盤。

「從輪厚匝道搭高速巴士時，必須在預定抵達的兩個小時前預約。但是，只要休息站內的巴士站有乘客，車子就不會過站不停。只要有乘客在巴士站等，巴士就一定會停下來，也不需要預約。

岩見澤、砂川和茶志內服務區或是休息站內都有公車站，而且都有晚上八點之後可以搭乘的班次，真史不可能在這幾個地方。

野幌的上行和下行方向都有真史可以購物的西光超市，照理說不必考慮，但還是列入可能的地點。我之前曾經在沒有預約的情況下，在這裡搭高速巴士回到札幌，所以並不是所有在匝道的巴士站都需要預約，但以後搭高速巴士時，必須仔細確認清楚。」

「那就是說，小海她——」

和剛才相比，栗山英奈表情稍微放鬆了些。

「她完全搞不清楚狀況，在巴士站等，看到高速巴士完全沒有放慢速度揚長而去，只能傻傻地愣在原地嗎？」

「雖然她在選擇在休息站過夜之前的表現可圈可點。」

從剛才到現在說太多話，累死我了，我嘆了一口氣。
「但包括手機沒電這件事在內，她真是太脫線了。」
另外三個人聽到我這麼說，都露出笑容。
「這就是小海可愛的地方。」
姑且不論真史是不是可愛，但栗山英奈說的話的確有道理。
像我這種無懈可擊的人，無法討人喜歡。

✦

眼睜睜地看著巴士完全沒有停下，就從我面前駛過的瞬間，我一定是全北海道最笨的大笨蛋。
我不知所措，只能垂頭喪氣地走回休息站。現在已經過了晚上十點半，我在自動販賣機買了章魚燒，一個人默默地吃著。店家和食堂都在七點時拉下鐵門，這片放了兩張四人座的正方形桌子，還有幾台自動販賣機的寬敞空間很沒有現實感。日光燈冰冷的白光照亮了我、章魚燒和桌子。雖然偶爾有人進來，但在自動販賣機買完東西後，就馬上離開了。這也是理所當然的事。我到底在幹嘛？

從一個小時前開始，我就一次又一次問這個空虛的問題。

我為什麼會淪落到這種地步？因為我和爸爸吵架了，而且態度很叛逆。父母也是普通人，並不是每一句話都正確。一旦瞭解這件事，就算父母說得沒錯，也很難乖乖聽從。即使如此，如果事後冷靜思考，認為父母言之有理，還是必須接受。

只不過這次無論怎麼想，都覺得爸爸有問題。他昨天說的那些話並不是教育，只是他自己心情不好，我剛好在客廳，於是就變成了他的出氣筒。每個人都會發生這種情況，如果惹別人不高興，就必須好好道歉，但爸爸在吵架之後，就沒有對我說過半個字。

隔了一個晚上，我仍然怒氣未消。如果籃球社要練球，還可以轉換一下心情，但今天是週六，去學校沒事可做，也沒有和朋友約好要去哪裡玩。

結果就變成了現在這樣。

目前的不安和恐懼遠遠超過憤怒。雖然現在還沒有太大的問題，但如果等一下想睡覺該怎麼辦？雖然我曾經想過把椅子排在一起，睡在椅子上，但這裡有很多陌生人出入，所以無法這麼做。而且我的睡相很差，一定會從椅子上摔下來，最後還是變成睡在地上。

早知道剛才打電話給步時，應該乖乖說出目前所在的地點，告訴他「我在輪厚休息站」！現在就走回公用電話，打電話給他……是不是該打電話回家，請爸爸、媽媽來接我？英奈他們都很擔心我，我現在所做的事已經不是叛逆，而是獨自忍耐，根本沒有任何意義。

好幾次都起身想去打電話，但又無力地坐下來。我被內心僅存的自尊心困住了。我剛才就深深體會到，我完全無事可做。十二月的夜晚很漫長，必須等到早上快七點時，天才會慢慢亮起來，我要如何撐過接下來超過八個小時的漫漫長夜……

冰冷的空氣吹了進來。可能又有人來買罐裝咖啡。

「真史。」

聽到熟悉的聲音，我忍不住轉過頭。

「妳打算在這裡坐一整個晚上嗎？真是太蠢了。妳不動大腦就做這種危害自己身體的事，根本沒資格成為運動員。」

「步……」

我完全沒想到他會來找我。

視野突然模糊起來。

「喂喂，妳可不要在這種地方哇哇大哭。」

「你……我才沒有哇哇大哭。」

我不知道自己是鬆了一口氣，還是感到高興，不知道是不甘心還是很生氣。我完全搞不懂，也可能全都有。

「還有誰和你一起來嗎？」

「沒有。」

「那你怎麼……」

「我搭計程車來的，車錢很貴喔，而且還有回程的車錢。這筆錢，妳以後要還我，妳可以拜託父母，或是以後打工籌錢還我。」

「我可以慢慢還嗎？」

「妳決定就好。妳為什麼不用公用電話叫計程車？」

「沒有電話簿。」

「我剛才去看了一下後才知道，只要撥打104查號台，就會告訴妳附近計程車行的號碼。」

「什麼？可以這樣嗎？」

「電話亭內的說明板上寫得一清二楚。」

「我完全沒注意。」

「嗯，因為緊急通報和災害留言的號碼寫得太大了。」

「……你為什麼一個人來這裡？你剛才在電話中不是說，要通知我的爸爸媽媽嗎？」

「我想了一下之後，發現我不知道妳家的電話。」

步聳聳肩。

「英奈不是和你在一起嗎？你只要問她就好了。」

「是嗎？但我和他們三個人幾乎算是第一次見面，也不知道他們和妳的關係。而且——」

他走向自動販賣機，投了硬幣。

「妳揚言要在這種地方過夜，我想對妳表達一絲敬意。等妳順利回到家，妳爸媽就會好好收拾妳。」

安靜的室內響起鐵罐掉落的聲音。

他彎下身體，拿出罐裝咖啡。

我現在終於發現一件事。

為什麼經過一個晚上，我的怒氣仍然無法平復。我為什麼會在這裡逞強，不想打電話回家？如果只是我自己的事，我不會這麼生氣。

我發自內心無法原諒爸爸侮辱步。

雖然他這個人很古怪，做事不合常理，但這只是表象。雖然是表象，但有時候也的確讓人覺得有點誇張。

但我覺得他其實很善解人意。

「謝謝你。」

他並沒有轉頭看我。

「……嗯，這次我就接受妳的道謝。我今天所做的事，的確值得妳的感謝。雖然我其實很不想做這種麻煩事。」

他說完這句話，喝著咖啡。

「計程車還在後面等，我們趕快走吧。」

「嗯。」

他又把硬幣投進自動販賣機。

「不用不用，你不用幫我買咖啡。」

他轉過頭，滿臉受不了地看著我說：

「我是要幫司機買。如果妳以為凡事都可以當伸手牌，那就大錯特錯了。」

「有、有必要說得這麼難聽嗎？」

這個人果然很過分。

後記

我對這個故事最初的構想，只剩下模糊的記憶。

但是有一件事很確定，就是原本並沒有鳥飼步這個偵探的角色。

記得那是在二〇一六年二月左右，我走在住家附近時，看到有一棟房子的門前插著某家企業的旗幟。我的腦海中突然浮現了一對很像是會住在這棟房子內的少女和她的父親，雖然整個故事連八字都還沒一撇，卻已經想好了『父親的小旗子』這個題目。父親向左鄰右舍炫耀自己任職的公司，不知道他的女兒會怎麼看這件事——我並不打算寫什麼驚天動地的故事，只是描寫瑣碎日常生活的短篇小說。但是我當時的目標並不是小說家，而是漫畫的原作者，所以並沒有具體構思下去。

隔年的二〇一七年，我決定努力成為小說家。在絞盡腦汁寫人生第一次正式小說的同時，腦袋深處卻在思考下一部作品要寫什麼？

能不能寫『父親的小旗子』？雖然有這種想法，但當時我奢望可以靠自己的長篇作品獲獎，遲遲沒有深入思考這個原本認為適合寫短篇的點子。

在第一本小說即將完成之際，我把鮎川哲也獎設定為下一個目標，於是，聰明絕頂、個性彆扭的拒學少年鳥飼步這個角色就在我腦海中誕生。如果讓他成為偵探，要安排怎樣的對手？最好是女性的角色，於是我想到剛好有一個和步年紀相仿的女生。可以讓『父親的小旗子』中的少女帶著謎團去找步，要為她取海砂真史這個名字，他們兩個人都是國中二年級的學生。決定這件事之後，作品有了大致的方向。

步在解決幾個日常的謎團之後，終於瞭解了真史的父親把公司的旗子插在住家門旁的原因。這樣的故事情節，應該可以寫出符合鮎川哲也獎規定的篇幅。

但是，看了本作品的各位也知道，《偵探不在教室裡》中並沒有出現這樣的情節。我改變方針的理由很簡單，就是我實在想不出那個父親是基於什麼連家人都不知道的理由，把公司的旗子帶回家。

距離截稿日逼近，於是我決定徹底忘記公司旗子這件事，要專心寫真史的日常，然後就出現她的好朋友英奈。在真史和英奈互動的過程中，總士和京介這兩個男生也融入了她們之間的關係。這時，我突然靈光乍現。

讓英奈、京介、總士和真史輪流成為焦點，每一章由其中一人擔任主角，總共寫四章，在最後第四章時，讓真史陷入某種困境，她的三個好朋友和步去營救她，整部作品就有了雛形。這部作品的基本方針就是用這種且戰且走的方式決定的。

雖然原本並不打算讓真史的父親出現在作品中，但最後還是在第四章把他「請」出來，但他和『父親的小旗子』時所想像的人物判若兩人。現在回想起來，真史這個角色也和我原本想像的少女很不一樣。

雖然在動筆寫小說之前會寫大綱，但完全無法預測角色在作品中會如何發展。即使以後基於興趣寫『父親的小旗子』，也可能和當初所想的內容完全不一樣。比方說，少女心血來潮拿走旗子，很可能因此打開了通往異次元的門，至今為止的日常生活徹底改變。

完

春日文庫 122

偵探不在教室裡

探偵は教室にいない

偵探不在教室裡/川澄浩平作；王蘊潔譯. -- 初版. -- 臺北市
: 春天出版國際文化有限公司, 2023.04
面；　公分. -- (春日文庫；122)
譯自：探偵は教室にいない
ISBN 978-957-741-653-7(平裝)

861.57　　　112001198

ISBN 978-957-741-653-7
Printed in Taiwan

作　　者　川澄浩平
書封照片　Yuta Yamaguchi
譯　　者　王蘊潔
總 編 輯　莊宜勳
主　　編　鍾靈

出 版 者　春天出版國際文化有限公司
地　　址　台北市大安區忠孝東路4段303號4樓之1
電　　話　02-7733-4070
傳　　真　02-7733-4069
E－mail　bookspring@bookspring.com.tw
網　　址　http://www.bookspring.com.tw
部 落 格　http://blog.pixnet.net/bookspring
郵政帳號　19705538
戶　　名　春天出版國際文化有限公司
法律顧問　蕭顯忠律師事務所
出版日期　二○二三年四月初版

定　　價　280元

總 經 銷　楨德圖書事業有限公司
地　　址　新北市新店區中興路二段196號8樓
電　　話　02-8919-3186
傳　　真　02-8914-5524
香港總代理　一代匯集
地　　址　九龍旺角塘尾道64號 龍駒企業大廈10 B&D室
電　　話　852-2783-8102
傳　　真　852-2396-0050